々

雪代鞠絵

幻冬舎ルチル文庫

CONTENTS ✦目次✦

片翅蝶々



✦カバーデザイン＝清水香苗（CoCo.Design）
✦ブックデザイン＝まるか工房

イラスト・街子マドカ✦

# 片翅蝶々

「帰るなら車を呼べよ。今夜は雪になるぞ」

料亭の軒先を出たところで背後から声をかけられた。速水一佳《はやみいちか》が振り返ると、濃紫の暖簾《のれん》をめくり、友人の朝倉智明《あさくらともあき》が長身を覗《のぞ》かせる。

二階の座敷で行われている酒宴はまだ盛りだったので、さり気なく席を立ったが、聡《さと》い親友は一佳の辞去に気付いて見送りにやって来たらしい。

朝倉はやや茶色がかった髪に、甘やかな顔立ちをした大変な美青年だ。洒脱《しゃだつ》な伊達者《だてもの》らしく、灰色《かいしょく》に臙脂《えんじ》の織りが入った三《み》つ揃《ぞろ》えのスーツは、今は上着を脱いで、ネクタイも緩めている。生来の賑《にぎ》やか好きで、今夜は帝大時代の友人を集めての無礼講だ。酒も入り、すっかり砕けた様子でいる。

黒い外套《がいとう》を纏《まと》い、黒革の手袋をはめながら一佳は淡々と朝倉に応《こた》えた。

「いいや、歩いて帰るよ。雪が降るなら、車だと途中で停《と》まったときが面倒だ」

「つまらないな。今日の宴《うたげ》はお前が主役なんだぜ。学生時代の親友が一年ぶりに中国大陸から帰国したと喜び勇んで祝宴の幹事を引き受けたのに、お前はろくろく座を置かずにお帰りか」

「お前は俺の帰国祝いにかこつけて、学生時代の仲間と酒を飲んで大騒ぎしたいだけだろう」

混ぜっ返してやると、茶屋の格子戸《こうしど》に長身をもたれさせ、朝倉は拗《す》ねたように唇を尖《とが》らせた。

朝倉は総裁や大臣を何人も輩出している名門華族・朝倉侯爵家の生まれだ。三男坊の末っ子で、家督争いにはまったくの無関心だが、自由になる金やコネクションを使い子供の頃からこの花街《はなまち》で性質《たち》の悪い遊びに興じてばかりいる。しかし、典型的な道楽者に見えて、その実、恐ろしく鋭く、何をするにも抜け目ない切れ者だ。

華族という特権階級に対して、一佳が静かに敵意と嫌悪を漲《みなぎ》らせていることに気付いていないはずはないが、慶應《けいおう》の高等部で出会った当時から、臆《おく》した様子を一度も見せなかった。むしろ人を寄せ付けたがらない一佳の雰囲気が好奇心をそそるらしく、その屈託のなさに一佳が押し負ける形で、お互い二十四歳になった現在も親友と呼べる付き合いをしている。

「せっかく宴を設けてもらったのにすまないが、どうしても気がかりなことがある。こちらに帰ったら早急に調査をするつもりでいた事項があるんだ」

「何だ、帰国早々仕事か？　さすが速水財閥次期総帥《そうすい》、ご多忙なことだな」

「冷やかすなよ。私用だ」

「ふうん、女だな？」

煙草《たばこ》を片手に、にやりと不埒《ふらち》な笑顔を見せる朝倉に、一佳は黙って苦笑を返した。

「そうそう、社交界のご令嬢たちからも、大陸から無事に帰った速水一佳を連れて舞踏会やら夜会に来てくれと矢の催促だぞ」

一佳も朝倉と同じく、長身の美丈夫として社交界では呼び声が高い。朝倉とは対照的に、髪と双眸《そうぼう》は完全に漆黒で、理知的で涼しげと言われる顔立ちだ。養子とはいえ、若くして新興財閥・速水家の跡取りという立場にあり、事業の中枢を担う有能な青年実業家としても知られている。

光と影と、軟派と硬派。名門華族の放蕩《ほうとう》息子と、財閥の次期総帥候補。

友人同士のその対比がいかにも面白いのだろう。舞踏会など華やかな場所でブラック・タイにスリーピークスを差して朝倉と連れ立つと、周囲から溜息《ためいき》が零《こぼ》れたものだ。

「分かった。不義理をしないよう、どこかで顔を出すよ」

「そうしてくれ。お前を連れて行かないとご婦人・ご令嬢方に俺が怨《うら》まれる」

朝倉が煙草を寄こしたので、一本唇に取る。どちらからともなく額《ひたい》を近づけ合い、一佳は朝倉から火を貰《もら》い受けた。寒気の中、深々と吸い込んだ煙が胸の奥に染み入る。

「速水」

紫煙を吐くと、朝倉が隣から一佳の首に腕を回してくる。いい歳《とし》をした男同士が頬《ほお》が触れ合うほど顔を寄せ合う。酒を飲んだ後にはお決まりの、学生の頃からのじゃれ合いだ。しかし朝倉のその口調はごく真摯《しんし》なものだった。

「あの事件が新聞で報じられたときは、こちらでも大騒ぎだったよ。お前の命に別状はないと知って心底ほっとした」

「火事場泥棒をしたようなものだ。怨まれもするさ」

一佳は冗談交じりに親友をはぐらかす。戦地となったあの国で、速水家が一佳の指示の下《もと》、どんな企業活動を行ったか、詳しい話をするつもりはない。朝倉も、一佳の意図に気付いたようだ。一転、おどけたように笑顔を見せる。

「だが悪いことばかりでもなかったんだろう？　戦争が終結してお前が無事に帰国すると同時に、速水家にはめでたい事項もあれこれ決定したというじゃないか。速水家でのお前の地位はいよいよ確固たるものになるというわけだな」

「朝倉侯爵家のご三男は相変わらず耳聡い。だがまだ未決事項だ。詳しいことは追って話すよ」

さり気なく躱すと、朝倉は不満顔で溜息をつく。

「お前の秘密主義は健在というわけか。相変わらず冷たい親友殿だ」

恋愛沙汰《ざた》や遊びに溺《おぼ》れることなくいつも理性的で、淡然と取り済ましている。そんな一佳が何かにとち狂って無我夢中になる様《さま》を、いつか見てみたいと朝倉は常々言っているのだ。

朝倉は昔から面白おかしいことに目がない。隠し事をされるのも嫌う。何不自由なく育った特権階級と言われる人間独特の、傲慢《ごうまん》さではあるかもしれない。

「行くよ。立ち話に向いた夜じゃない」

一佳は煙草を咥《くわ》えて踵《きびす》を返した。格子戸にもたれたままの朝倉の声が追ってくる。

「歩いて帰るならせいぜい気をつけろよ。中之町《なかのまち》の大通りに出ると、見世《みせ》の格子の向こうから女郎《じょろう》達が手を伸ばして袖《そで》を引いてくるぜ。お前みたいな色男ならすぐにも『馴染《なじ》み』にしたいと躍起になるはずだ。捕まらないようにしっかり歩けよ」

「俺も二十歳《はたち》やそこらの若造じゃない。花魁《おいらん》の手練手管《てれんてくだ》に惑わされるほど清らかでもないさ」

顔だけ振り返り、軽く片手を上げる。

「今度は、内輪だけでのんびり飲もう。翡翠《ひすい》も相変わらずふわふわやってるんだろう。久しぶりに顔が見たい」

「ああ、暇があっちゃ櫻花廓《おうかろう》に戻って来てる。あの廓《くるわ》はあいつにとって故郷みたいなもんだからな。お前が帰って来てると聞いて喜んでた。一緒に飲もうと声をかけておくよ」

やがて路地を抜け、明るい大通りに出た途端にふわりと雪が降り始める。空気を孕《はら》んだ、まるで綿のように軽い欠片《かけら》がひらひらと後から後から舞い落ちてくる。

年明けして一月。真冬の真ん中で、夜の寒気はいよいよ厳しさを増している。

凍《い》て付く空気とは裏腹に、しかし周囲はたいそうな賑わいだ。

ここは花街と言われる場所だ。先ほど一佳が朝倉たち友人と過ごしたような、飲み物や食べ物を出すだけの料亭も多くあるが、大門《おおもん》からの大通りの左右にひしめく建物のその多くが見世——色子《いろこ》や女郎を置く遊廓《ゆうかく》だ。

廓独特の優雅な風情が漂う軒先に、それぞれの見世の名を書いた色提灯《いろちょうちん》が高々と掲げられ、辺りを禍々《まがまが》しいほど明るく照らし出している。紅殻《べんがら》が塗られた赤い格子の向こうから、艶《あで》やかに着飾った花魁たちが嬌声《きょうせい》を上げて、白粉《おしろい》を塗った細腕を伸ばし、客を引く。

不夜城《ふやじょう》と言われる花街は、最も賑やかな宵五つ時（午後八時）を迎えようとしていた。

色と欲が交差する高揚した雰囲気の最中《さなか》、一佳の意識は酷《ひど》く冷めている。

今、一佳の脳裏を占めているのは、数日前まで過ごしていた異国のことでも、仕事のことでもない。現在、行方不明となっているただ一人の子供のことだった。

速水の家に養子として入った十七歳の頃、自分はどんな泥を被《かぶ》ってでも世に這《は》い上がると決めた。

そして今、速水一佳はいずれ財閥を率いる若き実業家として名を馳《は》せている。自家と己《おのれ》の成功のためならば、人を裏切り、敵を切り伏せ、完膚《かんぷ》なきまでに叩《たた》きのめした。卑怯者《ひきょうもの》、冷酷非道との誹《そし》りを受け、命すら狙《ねら》われた。

奈落《ならく》に落とされた者たちの怨嗟《えんさ》は、どす黒く一佳の心身を染めている。周囲からの羨望《せんぼう》と賞賛を集めるきらびやかな場所にいながら、引き返すことの叶《かな》わない暗い闇《やみ》の中に、堕《お》ちていくのをはっきりと感じる。

――あの子も多分、今、同じ闇の中にいるはずだ。

一佳が裏切った子供。七年前のあれは、一佳が人生で働いた最初の裏切りだった。

この花街を縫うようにして流れる川にかかる橋を越えたところで、一佳はふと足を止めた。大通りの賑わいも、色提灯の灯《あか》りも届かず、誰も気付かぬような川の辺《べ》には、点々と柳の木が植えられている。その一本に色子――女郎と同じく、廓で男を相手に色を売る少年が、荒縄で縛り付けられているのだ。

雪が降り続く中、着ているのは、鮮やかな緋色《ひいろ》の襦袢《じゅばん》のみで、足元は裸足《はだし》だ。散々折檻《せっかん》されて、最後に頭から冷水を引っ掛けられたのだろう。襦袢は半ば凍りつき、寒さのためか、殴られたせいなのか、失神して胸元を柳にくくり付けた荒縄に支えられるように、ぐったりと頭《こうべ》を垂れている。

粗相を働いた色子や女郎がこういった折檻を受けるのはこの街ではそう珍しいことではなく、気に留めて立ち止まり、わざわざ振り返る客もいない。

「あの妓《こ》は？」

一軒の見世を見張る男衆《おとこしゅう》に一佳は尋ねた。手拭《てぬぐ》いで頬かむりをした胡乱《うろん》そうな顔に折った紙幣をくれてやると、へらへらとへつらってみせた。

「あれは櫻花廓の色子でさ。確か二週間ほど前に廓入りした新入りでねえ。これがちっとも見世に馴染もうとしないらしい。毎日毎晩、廓を抜け出して大門目指して逃げちゃあひっ捕まって、ああやって折檻を受けてますんでさ」

この花街で、色子や女郎の逃亡は足抜けと言われる重罪だ。彼らはたいてい、見世に莫大な借金を負っている。それを何年もかけて、自らの体を切り売りすることで返済していくのだ。色子に逃げ出されては、見世は大変な損害を負うことになる。

他の色子たちへの見せしめの意味もあって、ああして放置してあるのだろう。しかし、今日はこの寒気だ。あと数時間もすれば、確実に凍死してしまうだろう。

「他の色子は大抵覚悟を決めて大門をくぐるもんだけど、あの妓はどうも、ご華族さまの出身らしくてね。花街のことなんざ何も知らないまま騙《だま》されてここに連れて来られたらしい」

「――華族の？」

「没落した伯爵家の末裔《まつえい》だとか言ってたねえ。高貴な血筋だってんで珍しがってせっかく大見世が買い取ったってえのに、あんな瘦《や》せっぽっちじゃ不吉がって誰も買おうとしねえ。せめてさっさと水揚《みずあ》げされちまえば厄落《やくお》としが終わって客がつくかもしれないけどねえ」

華族――伯爵家の末裔。一佳はまさかという思いで、柳に括《くく》り付けられているその色子に近付いた。話し続けて気が高ぶったような男衆の言葉が、一佳を追ってきた。

「まったくいい気味だよ。蝶《ちょう》よ花よの苦労知らずで育てられたご華族様が、花街に身を売って卑しい庶民の慰み者になるなんてねえ」

華族への庶民からの憤懣《ふんまん》はいつの時代も強い。優遇された地位に立ち、労働をすることなく、飢えも渇きもしない。そんな特権階級の子供がなす術《すべ》もなく、色欲露《あら》わな卑しいこの場所に売られて来たのだ。没落華族の末裔という話が本当なら、生きても死んでも、この街は、この色子には地獄となる。

一佳が目の前に立っても、色子は無反応だった。完全に意識を失っている。いつからろくに食事を与えられていないのか、小柄な体はがりがりに痩せ細っていて、縛られていなければ自力で立っていることも出来ないような様子だ。栗色の柔らかそうな髪は、毛先が白く凍て付いていた。

革の手袋を外し、一佳は色子の戒めを解いた。腕に抱えその顎《あご》を取る。

小作りだが、愛らしく品のいい顔立ちをしている。しかし、どれだけ酷く殴られたのか、その少女めいた顔のあちこちがどす黒く腫《は》れ上がり、色を失った唇の端が切れて、血がこびり付いている。商品たる色子の顔を打つのは禁忌《きんき》であるはずだが、度重《たびかさ》なる足抜けに見世側もとうとう堪忍袋の緒を切らしたのだろう。

無邪気な過去の姿の片鱗《へんりん》も窺えない、あまりにも惨《むご》い姿だった。

「水帆《みずほ》」

一佳はこの少年を知っていた。

――大好き。おにいちゃんが世界中で一番大好き。そう言って、はにかみながら、いつでも一佳を追って来た。両手を開いて、おいで、と言ってやると、大喜びで飛び付いて来た。小さな体の弾むような感触を、今でもはっきりと思い出すことが出来る。

それを突き放したのは一佳だった。一佳は誰よりも自分を慕っていたこの子を裏切った。

この子のもとを去った理由も教えず、別れの言葉一つ与えてやらず、突然放り出したのだ。

「——買おう」

一佳の言葉に、男衆は不思議そうに煙管《キセル》を咥える。

「この妓の見世の楼主《ろうしゅ》に連絡を。不吉だと言われるこの色子の水揚げを、私が引き受けよう」

男衆はしばらく色子と一佳の後ろ姿を見比べていたが、やがて立ち上がり、振り返り振り返り、楼主の元へと向かった。一佳はそれを見送り、ぼろぼろになった色子の耳にそっと囁《ささや》きかけた。

「水帆、俺を覚えてるか?」

暖かい他人の気配を感じたのか、色子は凍りついた睫毛《まつげ》をかすかに震わせた。

「……だ、れ……?」

重たげな睫毛をようよう上げる。色の淡い、まだ穢《けが》れない琥珀色《こはくいろ》の瞳が、頼りなくも一佳を見上げる。

「……おに、ちゃ………?」

正気なのか、傷の痛みに朦朧《もうろう》としているのか。

——ふわりと笑ってみせた。七年前と同じ、純真な笑顔だった。

傷だらけの少年の顔を見詰め、一佳は軽い衝撃を受けた。こんなに酷い目に遭って、それでもまだ、そんな風に笑えるのか。一佳の裏切りに遭い、家族の愛情にも恵まれず、とうとう華族の身分から花街に堕ちて、それでもこの子は相変わらず、無垢《むく》な心を守りきっている。

一佳の裏切りは、この子に何一つ傷を与えられなかったということなのだろうか。

それは、一佳の七年間を無意味にする、あってはならない誤算だった。

「――お前も、ここまで堕ちておいで」

拒んでも、堕としてみせる。血で汚れた白い頬に、雪の欠片がまた舞い落ちた。

＊　＊　＊

あれは何年前の夏のことだろう。

確か水帆が九歳の時だったから、もう七年も前のことだろうか。

水帆は実家である雨宮《あまみや》家の庭を散策していた。贅沢《ぜいたく》好きの華族の例に漏れず、雨宮家もたいそう豪奢《ごうしゃ》な造りで、広大な敷地には当時大流行していたチューダー様式の本邸が建てられ、庭園には噴水が設《しつら》えられていた。南方には小ぢんまりとした常緑樹の森があり、水帆はそこを一佳とピクニックするのが大好きだった。

あの日、水帆は白絹のブラウスに、臙脂色のボウタイを蝶結びにしていただろうか。

木陰に敷布を開き、厨房で作ってもらったサンドウィッチを食べた。一佳が本を読み始めたので、水帆は清涼な気配に誘われて森の奥へ奥へと歩いた。不意に、視界の隅を、ひらりと何かが横切った。水帆の手のひらより一回り大きな揚羽蝶《あげは》だった。

「あ、ちょうちょう」

蝶は羽を広げ、風に流れるように気持ちよく空《くう》を切る。水帆が目を大きく見開いて見守る中、濃い緑の茂みに咲いた真白い花に止まった。蜜《みつ》を吸い上げ、恍惚《こうこつ》としたように羽を打ち震わせている。

羽には鈍色《にびいろ》の混じった青から緑への美しい濃淡が浮かび上がっている。水帆は息を詰めて、その片羽をそうっと摘《つま》んだ。青い宝石のように綺麗《きれい》な生き物が呆気《あっけ》なく水帆の手に入った。

水帆は目を見開き、大声を上げて駆け出した。

「おにいちゃん見て。ほら、綺麗」

水帆は蝶を片手に、元いた木陰へと駆け戻った。

木陰で木にもたれて座り、本を読んでいたのは、当時水帆の世話係で、家庭教師も務めていた篠井《しのい》一佳だ。

確か、当時は十七歳だったはずだ。仕草や言動が物静かで大人びており、なかなか学問の機会に恵まれない平民の立場で、国民学校から高等学校に難なく進んだ秀才だ。このまま行けば、いずれ帝国大学に入ることは間違いがない。気難しい水帆の父も、一佳のことはたいそう気に入って、将来は伯爵家を継ぐ水帆の補佐に育てようと、一佳の勉学には進んで援助をしていたほどだった。

理知的に整った容姿も、少年ながら水際立つものだった。賢くて綺麗な一佳。水帆は誰よりも彼を慕い、誰よりも一佳を誇りに思っていた。

「あのね、蝶々、捕まえたよ。すごく綺麗だからおにいちゃんにあげるね」

蝶々の片羽を摘んでにこにこと差し出す水帆を見て、一佳は読んでいた本を閉じた。確か、「モンテ・クリスト伯」の原書だったような気がする。

「それは駄目だよ、水帆」

「駄目？　とっても綺麗なのに？」

「うん、駄目なんだよ。蝶々からそうっと手を離してごらん」

てっきり褒《ほ》めてくれるものだと思っていたのに。一佳は困ったような顔をしている。

水帆は一佳に言われるままに、そうっと指を開いた。

羽を放たれ、さっきまで気持ちよく空を切っていた蝶は、ふらふらとよろめいて、草地にぽたりと落ちてしまった。水帆は目を見開いて駆け寄ろうとしたが、一佳に肩を摑《つか》まれる。

蝶は羽を震わせ、もう一度飛び立った。しかし片羽を傷めてしまった様子で、上手に風に乗ることが出来ずに空を漂うばかりだ。その姿はとても痛々しく、水帆は目を見開いたままぎゅうっと一佳のシャツを摑んだ。

「蝶は薄い羽で空を飛ぶからね。文様に少し傷がついただけでもバランスが取れなくなって

「上手く羽ばたけなくなるんだ」

「もんよう?」

「羽に綺麗な模様があっただろう？　水帆の指を見てごらん。鱗粉《りんぷん》が転写しているはずだ」

自分の指先を見て、水帆はあっと声を上げた。蝶の羽のきらきらした模様が、はっきりと水帆の親指と人差し指についていたからだ。一佳が言った通り、水帆は軽はずみにも蝶の羽を傷つけてしまったらしい。

水帆はおろおろと、蝶の行方を目で追う一佳の顔を見上げた。

「蝶々に謝らないと。おれ、蝶々にすごく可哀想《かわいそう》なこと、したんだよね？」

「そうだね。謝るといいよ」

「ごめんね、ごめんなさい」

蝶が飛んで行く方向に向かって駆け出す。半泣きの水帆は大声で叫んだ。片羽を庇《かば》う痛々しい姿が見えなくなるまで、何度も謝った。

あんなに小さな生き物を傷つけてしまった。こみ上げる罪悪感に水帆がすすり泣くと、後を追って来た一佳の大きな優しい手のひらが、水帆の頭を撫《な》でる。

水帆は振り返り、その胸に飛び付いた。

「蝶々、痛かったかなあ？　もう綺麗にお空を飛べないの？」

「大丈夫だよ。水帆は一生懸命に謝ったから、蝶もちゃんと分かってくれるよ。だけど生き物をああやって捕まえるのはいけないことだよ。二度としちゃいけない。それを、俺と約束できるね？」

「うん……」

べそべそと涙で濡《ぬ》らした頬を、一佳は大きな手のひらでそっと押し包んでくれた。

人に迷惑をかけたり、危ないことをすると、昔から一佳は手厳しく水帆を叱《しか》った。

水帆がもっと幼く、悪戯《いたずら》盛りだった頃には、「そんなに怒るんだったらもうおにいちゃんとは口をきかない」と頬を膨らませたものだが、そうすると一佳は本当に一切水帆と口をきいてくれなくなった。

すっかり寂しくなって、べそをかいて謝りに行くのはいつも水帆の方だった。

自分の非を認め、きちんと謝罪をすると一佳はご褒美《ほうび》のように水帆を抱き締めてくれた。優しくしてもらえると、嬉《うれ》しくて、不思議なことにちょっとだけ涙が出る。そうすると、一佳は水帆を「泣き虫水帆」とからかう。

一佳には両親はなく、雨宮家の別館である使用人たちが暮らす棟に部屋を持っていた。聡明な上、働き者だった一佳は他の使用人たちからも信頼され、可愛《かわい》がられていたようだ。

水帆が物心ついた数年前から一佳はいつでも水帆の傍《そば》にいた。

——初めまして、水帆様。今日から水帆様のお世話をさせていただく篠井一佳と申します。

最初は使用人という立場から、年下の水帆を水帆様、と呼び敬語も使っていたのだ。もっと普通に、家族や友達にするみたいにしゃべって欲しいと、水帆からせがんだ。水帆は出会ってからあっという間に一佳に懐《なつ》き、本当の兄のように慕っていた。

ただ一佳が傍にいてくれればよかったから、どんな経緯で雨宮家に仕えることになったのか、水帆はあまり深く考えたことはなかったし、他の使用人も教えてくれなかった。

「泣き虫水帆。顔を洗いに一度お屋敷に帰ろうか？　こんなに泣いて、頬が涙でびしょびしょだ」

屋敷に帰ると聞いて、水帆はびくっと肩を竦《すく》ませた。

「い、いや。まだここにいる。お家《うち》には帰りたくない」

せっかく天気の野外で、一佳と二人でいるのに。

「お屋敷で、何か嫌なことがあったのか？」

一佳がその場に膝《ひざ》をついた。視線を合わせて水帆の表情をきちんと見るためだ。水帆は俯《うつむ》いてしまう。水帆が家に帰りたくない理由など、一つしかない。

けれど、一佳も毎日毎日、そんな話を聞くのは嫌だろう。

水帆の気持ちを察して、一佳は優しく促してくれる。

「水帆。いいんだよ、話してごらん」

「お、お父様とお母様が、今朝もまた、居間で喧嘩《けんか》をなさってた」

一佳は水帆の世話係と家庭教師を請け負う以外に、学校にも通い、屋敷内の様々な用事もこなしている。月に一度、屋敷の外に使いに出ることがあり、この日の午前中も汽車で外出していた。だから一佳はその朝、雨宮家の居間で起こった騒ぎは知らない。

「……そうか」

「お父様はものすごくお怒りになって、書斎に入られたままずっと出ていらっしゃらない。お母様は、お父様のお顔なんて見たくありませんって、朝倉侯爵様の舞踏会に行かれた」

昔から水帆の父母は仲が悪かった。理由は分からないが、たいてい母が父を咎《とが》める形で言い争いが始まる。水帆の母はとても美しかったが、恐ろしく気位が高く、気性の荒い人でもあった。

一度《ひとたび》諍《いさか》いが始まると、華族の礼儀作法もどこへやら、際限なく罵言《ばげん》を口にし、果ては灰皿や花瓶を壁に叩きつけて壊す始末だ。

父はたいてい辟易《へきえき》した様子で、自分の書斎に立て籠《こも》る。または、どこかに出かけて数日帰って来ない。母は気晴らしだと言って、舞踏会や夜会に出かけてしまう。父母は共に華族の出で、家庭の内実が崩壊しようとも、社交界での華やかな交流は欠かさなかった。

召使いたちは夫婦間の不仲に巻き込まれることを恐れて、父母にはもちろん、水帆にも必要以上に近寄りたがらなかった。水帆が両親の諍いに怯《おび》えて泣いても、見て見ぬふりで、慰めてくれる人はいなかった。伯爵家の嫡男である水帆は、身の回りこそ清潔に何不自由なく整えられてはいたものの、広大な屋敷の中でぽつんと取り残された存在だったのだ。

一佳がこの家にやって来るまでは。

たった一人、一佳だけは、水帆の言葉に耳を傾け、手を繋《つな》いで、笑顔を見せてくれた。

一佳は水帆に元いた木陰へ帰ろうと促した。二人は仲のいい兄弟のように、手を繋いで森の中を歩く。

「伯爵様と奥様がお忙しくて、水帆は寂しいか？」

「ううん、平気。でもお父様と、お母様が仲良くして下さったら、きっと嬉しいと思う」

自分が受け継ぐであろう爵位だとか、血統というものに、水帆は興味がなかった。それは人をただ傲慢に、頑《かたく》なにするものだと、薄《う》っすらと気付いていたのかもしれない。

それよりも、一佳が読んでくれる絵本に出てくるような、優しいお父さんとお母さんがいる暖かな家庭にずっと憧《あこが》れていた。

「だけどね、今だって平気だよ。だっておれにはおにいちゃんが傍にいてくれるもん」

えへへ、と笑って見上げると、一佳も穏やかな眼差《まなざ》しで、こちらを見下ろしている。

「おれはね、おにいちゃんのことが好き。一番、大好き」

一佳が傍にいてくれたらそれだけでいい。水帆はとても幸せだった。

「おにいちゃんはずっとおれの傍にいてくれるよね？　ずっと一緒だよね？」

「さあ、どうだろうな」

ちょっと意地悪な返事が返ってきた。水帆は目を見開いて大慌てになった。一佳を見上げながら、その長い足の周りをぐるぐると回った。

「いやだ、おれはずっとおにいちゃんの傍にいたい。いいでしょう？」

むきになる水帆に、一佳は苦笑した。

「水帆は泣き虫だから、それが直るまでは放り出せないな」

「じゃあおれ、ずっとなきむしでいるね？　ずっとね？」

ちょうど木立を抜けて、強い陽射《ひざ》しで逆光になってしまったから、一佳の表情は見えなくなってしまった。だけど、きっと一佳は笑い返してくれたのだと思った。ずっと一緒にいて欲しいという水帆の言葉を、一佳が反故《ほご》にするなどとは夢にも思っていなかった。

蝶々の片羽を傷めたことを咎められて、たった数日後のことだ。一佳が突然、雨宮家を出奔した。彼は自分の部屋の荷物をすべて整理し、誰にも何も言わず、夜の間に忽然《こつぜん》と、雨宮家から姿を消していた。

一佳に目をかけていた分、父の怒りは猛烈なもので、水帆と他の召使いたちには「あの恩知らずの裏切り者の名前は、もう二度とこの家で口にしてはならない」と憤然と命じた。

一佳がどうして突然姿を消したのか、どこに行ってしまったのか。

もう二度と会うことは出来ないのか。ずっと一緒にいてくれるという約束を、どうして破ったのか。

水帆には結局、何一つ分からずじまいだった。
雨宮伯爵家の著しい凋落《ちょうらく》が始まったのは、ちょうどその頃になる。

その日、雨宮水帆が乗せられた車は、花街と呼ばれる都内の一角に向かっていた。大門と呼ばれる黒く巨大な門の前で車を下り、やがて櫻花廓という立派な建物へと連れられる。今日からここが水帆の住処《すみか》になるのだと、水帆を連れていた沖田《おきた》が、教えるでもなく呟《つぶや》いた。

建物の広い玄関に入ると、目の前が大階段だ。内部は三階までが吹き抜けになっており、二階三階に張り出した回廊がぐるりと周りを取り囲んでいる。柱や欄干は燻《いぶ》されたように黒く色を変え、廊下の漆喰《しっくい》は紅《あか》く装飾をされている。色とりどりの造花で飾られたカンテラの灯りが、童話の中の異国のような、不思議な雰囲気を醸し出していた。洋館で育った水帆には馴染みの薄い空気で、心許《こころもと》ない気持ちのまま、奥の一室に連れられた。

沖田が中に入って行く。水帆は襖《ふすま》の前で、しばらく待っているようにと言われた。こっくりと頷《うなず》いて板張りの廊下に正座する。胸に抱いた風呂敷をぎゅっと抱き締めた。沖田には、とにかく一緒に来いと言われたから、着のみ着のまま、住んでいた屋敷から持ち出した荷物は最低限のものだった。

目の前には、燈籠《とうろう》に照らし出された広く美しい和風庭園が広がっている。

いったいここはどういったお屋敷なのだろう。沖田は「みせ」、と言っていた気がする。

けれど、店屋という様子はない。

何か人の気配がたくさんするように思うが、周囲にはぼんやりと、白粉と花の匂《にお》いが漂うばかりだ。

いったい自分はどうしてここにいるのか。

まだ、自分の身の上に起きた出来事が信じられずにいる。けれどこれが水帆の現実だった。

水帆は今日、十六年育った屋敷を離れ、この街に売られて来た。借金の返済のため、この見世で奉公をするためだ。

水帆の父、雨宮伯爵が倒れたのは今から二ヶ月ほど前のことだった。

ここ数年――篠井一佳が雨宮家を去って七年ほどの間、雨宮家は没落の一途《いっと》を辿《たど》った。

父母の仲が険悪だったのは、父の放蕩にあるのだと、水帆もいつからか気付いていた。厳しく見えた父は実は大の好色家で、方々に妾《めかけ》を作り、雨宮家の財産を片端から食いつぶしていたのだ。母が流行《はや》り病《やまい》で突然に亡くなってからは、最早《もはや》誰に諫《いさ》められることなく、その遊行はいっそう派手になった。親しくしていた親戚や華族仲間は雨宮伯爵家とはあからさまに距離をとり、古くからの執事や女中達も暇《いとま》を乞《こ》うようになった。

そして、二ヶ月前、これまでの散々な放蕩が祟《たた》ったのか、父は卒中を起こして倒れ、そのまま信州の療養所に入ってしまった。

水帆は弱冠十六歳ながら、伯爵家の跡取りとして父の散財の後始末に奔走する羽目になった。父が不義理を繰り返したせいで、雨宮家の財政について相談出来るような相手はおらず、その上、屋敷や別荘、あらゆる資産はもちろん、驚いたことに伯爵という爵位すら借財の担保に入っていた。

水帆に呆然《ぼうぜん》としている時間はなかった。父は性質の悪い金融業者にも手を出していたらしく、荒々しい取立人たちが毎日屋敷を訪れて、家財を叩き壊し、窓ガラスを割り、水帆に乱暴を振るって、借金の返済を迫った。残っていた使用人も荒廃する屋敷を次々に去り、水帆は通っていた学校にも行けず、着替えや日々の食べ物にも事欠く有り様だった。

そんな状況で、幾多にもわたる借金を一筋に取りまとめ、水帆に救いの手を差し伸べたのが沖田という金貸しだった。

近隣の金貸し業者の元締めでもあるという沖田は、どことなく恐ろしげな肩書きとは裏腹に、身なりのいい穏やかな壮年の紳士で、逼迫《ひっぱく》した状況にある水帆に同情の言葉をかけてくれた。沖田は、雨宮家を立て直すには、まず借金完済が急務と助言した。そのためには、水帆が花街で、数年間奉公するのが一番いいと言う。

花街、とはどんな場所なのか分からず困惑する水帆に、沖田は人の良さそうな顔で、何も心配することはない、そこで一生懸命働けば、必ず今の借金をすべて返済できると言ってくれた。信州にいる水帆の父からは、もうその旨の許諾の証文を取ってある。水帆が働く櫻花廓はその辺りでは最も品格のある老舗《しにせ》だから、待遇も悪くはない。何も心配せず、精一杯奉公すればいい。

そうして水帆はこの場所に連れて来られたのだった。

「お前、新入り？」

水帆は不意に声をかけられ、顔を上げた。

廊下に正座していた水帆のすぐ傍に、いつの間にか人が立っていた。歳の頃は十九、二十歳くらいだろうか。細身で、背がすらりと高い。緋色の襦袢に豪奢な打掛けをしどけなく引っ掛け、長く艶《つや》やかな琥珀色の髪は高い場所で結《ゆ》って翡翠の簪《かんざし》を挿している。鎖骨がはっきりと見えるほど襟《えり》を大きく抜いて、帯は腰の辺りで緩く結んである。どうしてか女性用の衣装を着ているが、平らな胸元を見て男性らしいと分かる。しかし性別の括りなど問わない、途方もなくあでやかで、華やかな美形だった。

ろくろく洗濯もしていない、薄汚れたシャツを着ている自分が恥ずかしくなり、水帆は俯いて押し黙ってしまった。

「口はきけないか？　まあ、それでもここでは別に困らないか。むしろ喜ぶ客がいるかもしれないな」

婀娜《あだ》っぽい微笑を見せる。水帆は慌てて立ち上がった。よく分からないが、雰囲気からこの店の人であることは分かる。

「あの、沖田さんのご紹介でここに上がりました。沖田さんからはしばらく待つようにと言われたので」

「沖田は室内《なか》？　うちの楼主《ぬし》と話をしてるのか？　そういえば今日、没落した華族のお坊ちゃまを連れて来るとか、そんな話をしてたっけ。お前がそれかな」

繊細な外見の割りには、物言いに斟酌《しんしゃく》がない。翡翠と名乗った彼は、興味を引かれた様子で水帆の前に回って顔を覗き込む。

「名前は？　歳は幾つだ」

「雨宮水帆と申します。よろしくお願いいたします。歳は十六になります」

「はは、よろしくお願いいたしますはよかったな。だけど歳をごまかすのはいただけない。さっさと仕事を始めて年季明けを早めたいのは分かるけど、ここで働くなら、奉公のための仕来《しきた》りをあれこれ知ってからの方がいいと思うぜ？　本当は幾つなんだよ」

「ほ、本当に十六です。もうじき十七です。早くご奉公に使っていただきたいのは本当ですが、嘘《うそ》なんかつきません」

翡翠はおや、と唇に弧を描いた。顔を上げてはっきりと答える水帆に、元華族だけあってさすがに気丈、と面白く思ったのかもしれない。

けれど水帆は特別気が強いわけではない。少女じみた容姿と相俟《あいま》って、生来引っ込み思案で内気だ。――一佳が突然傍を去ってから、一際その傾向が強くなったと思う。けれど、今は気持ちが張り詰めているのだ。

今日、この街へ来るために、水帆は生まれ育った屋敷を離れた。父母との繋がりは薄かったかもしれないが、それでも十六年育った思い出の生家だ。帰る場所を失って、心細くて仕方がなかった。

そして水帆にはどうしても断ち切れない、気がかりがあった。

「翡翠さんは、このお店の方でしょうか」

「うん、まあそんなものかな。お前の先輩だと思ってくれたらいいよ」

「このお店で、精一杯ご奉公はさせていただきます。ですけど、もしもできたら……」

水帆には七年間、ずっと思い続け、帰りを待ち続けた人がいる。

水帆はその人のことを、七年間一日も忘れたことはなかった。

篠井一佳。大好きだったその人が、必ずまた自分のもとに、あの屋敷に帰って来てくれるはずだと、水帆は信じていた。

「どうしても一度だけ会いたい人がいるんです。今どこにいるのか分からない人なんですが、どうにか探し出して、少しでも言葉を交わしたいです。その人を探す時間を、何とかいただくことは出来ないでしょうか」

「それはもう諦《あきら》めた方がいい」

深い事情を聞くこともなく、翡翠ははっきりとそう答えた。胸元から金の煙管を取り出すと、顎を上げ、斜めに咥える。ちょっと呆《あき》れたような顔をしていた。

「お前ねえ、ここがどういう場所かちゃんと分かって来たんだろ？」

「分かっています。ご奉公をさせていただく場所だとお伺いしています」

「おいおい、ちょっと待てよ。その奉公の内容は？　ちゃんと聞かされてるか？」

「沖田さんからはとにかくここでしっかり働けと、そうしたら数年で借金はすべて返済出来ると。そのように伺いました」

「華族様、と言ったっけ。沖田め、初心《うぶ》を厭《いと》って一番厄介《やっかい》なところを話しやがらなかったな」

切れ長の目を細め、不憫《ふびん》そうな眼差しで水帆を見たように思えたが、それも一瞬のことだ。すぐに開き直ったように肩を竦めた。

「可哀想だけど、その『会いたい人』とやらのことはしばらく忘れちまいな。借金をすべて返済して、年季が明けるまでは、お前はもう大門を抜けて外の世界には出られないよ」

「出られないって……？　どうしてですか」

「それがこの花街の決まり事だから」

花が咲くように、にこりと笑う。けれど目は笑っていない。

「外の世界に出られない」。沖田はそんなことは何も言わなかった。そんなこと、信じられない。

「ここは花街。その中でも一番特殊な一角、男が男に体を売る見世、男の女郎屋だ。お前はその色子として、ここに売られて来たんだよ」

水帆は呆然と翡翠のその言葉を聞いていた。

沖田や他の借金取りにいいように騙されたのだと気付いた時には、何もかもが遅すぎた。大人たちに追い立てられ、ろくろくものを考える時間もないまま、水帆はもう二度と引き返せない場所にいたのだ。

「一度大門をくぐった色子は、年季が明けるまでは娑婆《しゃば》には出られない。絶対にだ」


仄《ほの》かな花の香りがする。暖かな褥《しとね》の中で、水帆は目を覚ました。

緋色の絹が張られた、柔らかな三段重ねの布団だ。

火の入った行灯《あんどん》が室内をほんのりと照らし出していた。舞い飛ぶ蝶の群れに、芙蓉《ふよう》を描いた几帳《きちょう》。打掛けと振袖が衣桁《いこう》から吊《つ》るされて、火鉢では炭が爆《は》ぜる音が聞こえた。

「…………」

意識がまだぼんやりとしている。

この花街に連れて来られたのは確か四日ほど前だ。翡翠と出会った後、水帆は櫻花廓の楼主だという男と面会した。そこで改めて奉公の内容を具体的に聞かされた。

少女の装いをして同性に体を売る。客も従業員も娼妓《しょうぎ》もすべてが男だ。色子は体のどこをどんな風に開き、客を喜ばせるのか。世の中にはそんな性的指向を持つ男たちが大勢いるらしい。

水帆は無意識のうちに座敷を飛び出し、廓から逃げ出そうとしていた。

今まで花街の存在すら知らなかったのだ。しかも、男が男に体を売るなんて信じられない。屋敷でも学校でも、そんなこと、誰も教えてくれなかった。水帆が生きてきた環境では、性的な話題は下品とされていたし、内気な水帆にはませた会話をする友人もいなかった。

しかし、花街の入口である大門に辿り着く前に、追って来た男衆に捕らえられ、櫻花廓の敷地内にある「仕置き部屋」と呼ばれる小さな土蔵に放り込まれた。

後ろ手に縛り上げられ、体がくの字になるよう吊り下げられる。遣り手《やりて》と呼ばれる世話係や男衆に、竹を裂いて作った竿《さお》で嫌というほど足や背中を殴られた。

「華族の出だからとお高くとまるな。お前は今では金で買われる人間以下のモノに過ぎない」

——そんな罵言を幾つも幾つも叩きつけられ、心まで傷つけられる。殴られる痛みに失神すると、髪を摑まれ、水を張った桶《おけ》に窒息寸前まで顔を突っ込まれ、無理やり正気に戻される。

真冬だというのに、硬く冷たい床にびしょ濡れのまま放り出された夜、櫻花廓で一番初めに声をかけてくれた翡翠が仕置き部屋に顔を見せに来た。

水帆の傍《かたわ》らに立つ彼が、助けに来てくれたわけではないと、雰囲気で分かった。

自分のことを水帆の先輩のようなものだと言っていたが、どちらかといえば見世を律する立場にある人であるらしい。

どうして逃げるのか、と翡翠が問うた。水帆は、どうしても会いたい人がいるからだと、強く答えたと思う。

翡翠は水帆の打ち据えられた体に、自分の打掛けをかけてくれた。

「この街には色んな決まりごとがあって、死にたいくらい嫌なこともたくさんあるだろう。だからこそ、その決まりごとに上手に身を任せて、余計なことは何もかも上手に目を逸《そ》らして生きていくんだよ」

教えるでもなく、そう水帆を諭した。

朝、目を覚ますと彼はもうおらず、その日の折檻がまた始まった。

それでも水帆は幾度となく逃亡を図った。どうにかして大門を抜けて、この街を出ようと必死だった。何度目かの逃亡に失敗した後、水帆はとうとう見世から引《ひ》き摺《ず》り出され、真冬の最中に長襦袢一枚の姿で川辺の柳の木に縛り付けられた。そのまま放置され、あまりの寒さに半刻《はんとき》も経《た》たないうちに歯の根が合わなくなり、やがて縛られた手足の感覚がなくなった。それきり、記憶が途絶えている。

「あ……」

水帆は煙草の匂いに気付いた。すぐ近くで、人の気配がする。

体を起こそうとしたが、頭がくらくらした。体中に怪我《けが》を負い、熱が出ているのかもしれない。

ようよう視線を巡らすと、行灯に照らされた座敷の窓辺に、男が座っていた。男が着ている西洋式のスーツは三つ揃えで、上着は脱いで傍らに放ってある。長い足は右膝を立て、しどけなく煙草を咥えている。

「だ、誰……っ?」

怯え切った水帆は、痛みを堪《こら》えながら体を捩《よじ》らせる。

また、殴られるのかもしれない。折檻を受けるのかもしれない。けれど、行灯の柔らかな蜜色の光を受けた男の顔を認めて、水帆は息を飲んだ。

すぐには信じられなかった。夢を見ているのだと思った。

もう一度会いたいと七年間切々と思い続けた。片時も忘れたことのないその人が、水帆を見下ろしている。

「……お兄ちゃん……？」

二重の切れ長の目は、闇に溶けてしまいそうな漆黒だ。顔立ちは鋭角的に整っており、もう完璧《かんぺき》に大人の男のものになっている。記憶の中の、少年らしい面影はもう残ってはいない。それでも見間違えるはずがなかった。

「水帆」

その人が、低く答えた。夢じゃなかった。俄《にわ》かに涙が溢《あふ》れる。

七年前に突然水帆の前から姿を消した、篠井一佳に間違いなかった。

「お兄ちゃん、一佳お兄ちゃん………っ！」

立ち上がることはまだ叶わず、褥の上を這いずって、やっと会えたその人の膝にしがみついた。

「………一佳お兄ちゃん……っ！　会いたかった、会いたかったよ……！」

今までどこにいたの？　どうして突然、いなくなったの？

嗚咽《おえつ》を上げ、泣きじゃくる水帆は、けれどどこか不穏な気配に気づいた。

不思議な気持ちで鼻水と涙でびしょ濡れになっている顔を上げた。

「七年ぶりか。子供の頃から、あんまり成長してるようには見えないな」

一佳の態度はごく冷静——というよりは、酷薄なものだった。漆黒の瞳にはどこか残忍な気配さえ帯びている。

「……お兄ちゃん……？」

「麗《うるわ》しい再会に水を差して、悪いな水帆。だけどお前が探してた『お兄ちゃん』はもうどこにもいないよ。俺はお前を見世から買った。俺がお前の、水揚げの相手だ」

水帆は意味が分からず、ぼんやりと一佳の顔を見ていた。その両手首がいきなり一まとめに奪われた。強引に引き上げられた体が、褥の上に打ち捨てられる。

「ああ……っ」

三段重ねの柔らかな布団の上で、しかし水帆は痛みに呻《うめ》き声を上げた。折檻の折に、水帆の体には打ち身や擦《す》り傷が山ほど出来ている。今、また乱暴を受け、それらの傷が開いて酷く痛んだ。

一佳は咥え煙草のまま、褥の上で体を丸め、痛みを堪える水帆を見下ろしている。

「雨宮家が破産したらしいな」

水帆ははっとした。痛みに涙を滲《にじ》ませながら、褥の傍に立つ一佳を見上げた。

「俺はここ一年、仕事で大陸に渡っていた。先の戦争が終わるまで、あちらに滞在してたんだ。伯爵家破産の報《しら》せは、向こうの社交界でもすっかり噂《うわさ》になってた。お前の身の上がどうなったか、多少は気になっていたが……よもや、こんなところで会うとは夢にも思わなかったよ」

水帆には理解不可能な、皮肉な笑みを浮かべている。

「俺は今は篠井じゃない。速水と名乗ってる。七年前、雨宮の家を出た後、新興財閥の速水家に養子に入ったんだ」

「どうして？　どうして誰にも何も言わないで、そんなことしたの？」

「あのまま母子ともども華族様のおもちゃになるつもりは、俺にはなかったからだ」

「お兄ちゃんの、お母さん……？　お母さんのことで、何か嫌なことがあったの？」

一佳には、父親も母親もなかった。雨宮家の使用人棟に、一人で使う部屋を持っていただけだ。一佳の母親について、水帆は何も知らない。一佳は訝《いぶか》しげに目を眇《すが》めた。凜々《りり》しい美貌《びぼう》が、いっそう冴《さ》え渡る。

「お前、今もまだ何も知らないのか？」

「何もって、何を……？　お父様には、雨宮の家ではもうお兄ちゃんの名前は口にしちゃいけないって言われて、おれはお兄ちゃんに会いたくて、だけどどうしても、行方が探し出せなくて……」

会いたかった。ずっとずっと、会いたかったのだ。

それなのに、どうして一佳はそんなに冷たい目をするんだろう？

水帆の疑問に、一佳は答えようとしなかった。

「……無知はある意味、最悪の罪だな。俺はお前が心底憎いよ、水帆」

憎い。強い言葉をぶつけられて、水帆は息を詰まらせた。

一佳は咥えていた煙草を灰皿に押し付ける。

「俺はいつでもお前の家にいることが苦痛だったよ。俺に懐いて甘える、お前の暢気《のんき》な顔を見てると、苛立《いらだ》たしくて吐き気がしそうだった」

投げ出されたままの無防備な姿勢で、水帆は一佳の淡々とした表情を見上げていた。

「おれは雨宮伯爵家に飼われていた。確かに俺は伯爵の情けで学校に通っていたが、それは、自身のためじゃない。生涯お前の補佐をするためだ。だが俺は八つも年下の子供の面倒に短い一生をあたら費やすつもりはなかった」

そうして、不愉快な過去を思い出したのか、口調はいっそう冷たいものとなった。

「お前の両親は、最低の人間だった。色狂いで、金と地位にあかせて何人も妾を囲ってた父親と、高慢で華族としての体面ばかりを考えている母親。おまけに仲違《なかたが》いしていた割りに夫婦揃って平民の扱いはぞんざいを極めた。それからご嫡男だか知らないが、いつでも能天気で靴一つ自分ではけないのろまな子供。阿呆《あほう》な華族どもを間近に見て、ほとほと嫌気がさしたんだ」

水帆は呆然とした。

一佳がそんなことを考えていたなんて、水帆は少しも気づかなかった。

この人に心から懐いていたのだ。けれど、一佳は言っている。お前の面倒を見、雨宮家で暮らしている間、ずっと華族という生き物に辟易していた。

「速水の家からは、前々から養子に来ないかと誘いがあったんだ。速水家は当時から著しく勢力を伸ばしていたが、跡取りがなかった。あの家は完全な実力主義だから、平民出身でも学校の成績が目立って良かった俺を、雨宮家から引き取って、学と将来を与えてくれた」

長身がこちらに近付いた。水帆は無意識に、褥の上をあとずさった。

七年ぶりに会った人の思わぬ変貌を間近にして、水帆は完全に怯えきっていた。一佳はむしろ、それを楽しむように間合いを詰める。

「お前も相変わらずの間抜けだな。借金取りにどう言い包《くる》められたのか知らないが、よりにもよって、廓に身を売るなんて世間知らずも甚《はなは》だしい」

「…………」

「何の因果か知らないが、この花街でお前を拾った。どうせこれから色んな男に犯されて、好き放題に弄《もてあそ》ばれるんだ。その様子を遠くから眺めているのも面白いが、お前が懐いていた俺が一番に色付けをするのも――――悪くないだろう」

逃げる暇はなかった。長身が水帆の体の上に伸《の》し掛《か》かってくる。緋《あか》い褥の上に、水帆は両手首を頭上に一まとめにされる形で抑えこまれた。

「折檻続きでろくろく色子修業もしてないんだろう？　家庭教師もしていたよしみで、色子のいろはを教えてやろう」

大きな手に後ろ髪を鷲《わし》づかみにされた。美貌が下りて、唇には、濡れた柔らかな感触があった。

何に例えることも難しい。熱く蕩《とろ》けたように潤んでいる。

その衝撃に水帆は目を見張る。

「ん……、ん……!?」

「唇を許さないのは女郎の意地だと聞くが」

一瞬唇が離れ、水帆は吐息した。状況が分からず半開きだった唇を、悪戯するように舐《な》められた。

接吻《せっぷん》をされたのだと、やっと気付いた。

水帆には生まれて初めての接吻だった。

「今のお前に意地だ何だと出し惜しみするものは何一つないだろうからな」

からかうように言われると同時に、顎をしっかりと掴まれる。今度は尚《なお》、深く唇を重ねられる。

一佳の舌は、食い縛った上下の歯を割って、強引に水帆の口腔《こうこう》に侵入した。生々しい感触に体を捩ったが、しっかりと抱き竦められ、逃げることは叶わない。水帆のかじかんだ舌は、彼の口腔へと搦《から》め捕られ、舐められ、強く吸われる。軽く甘噛《あまが》みされると、体がびくん、と跳ねた。

熱い。熱くて柔らかい。上手く息が出来ない。息苦しさに一佳のシャツにきつく爪《つめ》を立てる。

「ん……っ、ん……」

ようやく唇が離れたとき、水帆は激しく喘《あえ》がせながら、一佳に問うた。

「本気、なの……？」

水帆はかすれた声で尋ねる。本気で、水帆を抱くつもりなのか。色子として買うつもりなのか。襦袢から覗く鎖骨に口づけていた一佳が、視線をこちらに向けた。

「本気だ。お前を水揚げして、色子にしてやる」

新興財閥の将来的な支配者となる彼の立場を知らしめるような、傲然《ごうぜん》たる口調だった。

水帆は咄嗟《とっさ》に、一佳を突き飛ばす。乱れた襟元を片手でかき合わせた。

「こんなこと、出来ないよ……！」

泣き声混じりの悲痛な声にも、一佳は表情を変えない。それでも水帆は必死だった。

「俺はお兄ちゃんのことをずっと待ってた。お兄ちゃんのこと、ずっと好きだった。七年間、一日だって忘れたことなかった。ずっと好きだったよ……！」

忘れ難《がた》い、この胸の痛みが、ただの慕情ではなく、恋情であると水帆にも分かっていた。

一佳は、水帆の初恋の相手だ。

同性相手のそれは、密《ひそ》かに胸に秘める禁忌の感情だと思っていた。だからこそ、同性間の肉欲が金で堂々売買されることが水帆にはいっそう衝撃だった。

一佳は目を細め、冷笑した。

「それは気の毒に。俺は今も昔もお前のことが大嫌いだよ。いつだってお前をめちゃくちゃにしてみたかった。心も体もぼろぼろにして、俺と出会ったことを一生後悔させてやりたかった」

恋の告白の後で聞かされるにはあまりにも残酷な言葉だった。

水帆は大きな剣で胸を刺し貫かれたかのように呆然としていた。

だけど、無理だ。水帆には出来ない。

男同士での性交の方法を、水帆は楼主から聞いてしまった。一佳と、あんな不道徳なことが出来るはずがない。

「嫌だ。絶対に、嫌……！」

一佳に向かって、傍にあった枕や小道具入れを手当たり次第に全部投げ付ける。小道具入れは几帳の傍に置かれた一輪挿しの花瓶にぶつかった。りんどうが生けられていた花瓶は割れていくつかの欠片になった。

その一欠片が、几帳の傍に転がる。鋭く尖り、行灯の灯火を映して光っている。

もう何も考えられなかった。水帆は大急ぎでその欠片を取り上げて、左手首に当てた。しかし皮膚を切り裂くより早く、一佳の腕が伸び、欠片を叩き落とす。

「あっ!!」

水帆の手首を高々と捉《とら》え、一佳は酷薄な微笑を見せた。

「自害を図るとはなかなか度胸があるじゃないか。だが所詮《しょせん》は、非力なお姫様の悪足掻《わるあが》きだ」

取られた手首を背中に回され、そのまま、一佳のネクタイで後ろ手に縛り上げられてしまう。荷物のように褥の上に転がされた。

拘束された体は一切の抵抗が叶わず、易々《やすやす》と一佳の体に組み敷かれた。

「猿轡《さるぐつわ》も嚙ませようか？　それとも、もっと酷い格好で縛ってやろうか」

「……いやっ」

「俺はお前の体のぜんぶを好き放題に弄ぶ権利がある。体に傷をつけて自殺するなんて、もってのほかだ。今のお前が持ってるのは貧相なこの体だけだ。それを使って精一杯、俺を楽しませろよ」

冷たい口調でそう言って、さきほど水帆が手にした花瓶の欠片を一瞥《いちべつ》した。

悔しくて、悲しかった。もう「篠井一佳」はいない。その言葉が、俄かに真実味を帯びた。

拘束された体が細かく震え始める。我慢しようと思ったが、どうしても涙が零《こぼ》れた。

水帆の涙など、一佳は一切構うことはなかった。取り澄ました顔をして、こんな遊びには相当に慣れているのか、前結びにされていた水帆の襦袢の腰紐《こしひも》を手際よく解いた。何の容赦も感じさせない手が、襟元を左右にはだける。

水帆はぎゅっと目を閉じ、顔を背けて恥辱に耐えた。

晒《さら》された水帆の上半身を、一佳はしばらく眺め下ろしていた。すぐ傍の行灯が照らす中、自分の体はどんな風に一佳の目に映っているだろう。ただでさえ貧相で痩せぎすで、その上、容赦ない折檻を受け、青痣《あおあざ》や擦り傷も、たくさん出来ている。さぞ汚らしくてみっともないはずだ。

鎖骨のその一つに、一佳は口づけた。唾液《だえき》が染みて、じわりと痛む。まだ生乾きの擦り傷だった。

「いた、い……っ」

「こんなにされるまで逃げ回るなんて、まったく馬鹿な奴《やつ》だ。さっさと水揚げされた方がずっと楽だったろうに」

大きな手のひらが、水帆の脇から腰の線をなぞる。指先が擦り傷を見つける度に、唇が近付いて、悪戯をする。唾液を移して、舌先で突《つ》つかれる。その度にぴりりと痛みがあって、水帆は目に涙を溜めた。

「いや……っ」

唇が腰骨から胸へと滑る。次の痛みを堪えようと息を飲んだその時、水帆は思いも寄らない感覚に襲われた。

「あん……っ」

細く甘い感覚が、背筋を貫く。

傷口ではなく、乳首を、舌先で啄《ついば》まれたのだ。薄桃色のそれは少し傷に似ているかもしれないけれど、傷とは違う。水帆は驚いて、背中で縛られた不自由な体を捩らせた。

「それ、ち、違う。それ、傷じゃない」

「分かってるさ」

起こしかけた肩が、また手のひらでしっかりと押さえ込まれる。水帆の物慣れなさに笑ったようだ。もう一度、右の乳首が舐められた。

「あっ」

傷よりずっと丁寧に、突起をくすぐられる。少しも痛みはない。それどころか、何かくすぐったいような、甘酸っぱいような、不思議な感覚が立ち上る。

「あ、あ……、あっ」

唇で挟み込まれ、先端を舌でちらちらとくすぐられた。刺激を受けて、敏感なそこが硬く凝《しこ》っていくのが分かる。小さな小さな突起なのに、そこを舐められて体中に走る感覚は酷く濫《みだ》りがわしいものだった。

「…………う、ん、いや……」

桜の花びらが落ちたような、淡い色の乳輪は円を描くようにゆっくりと舌先で辿られ、唾液で濡れると息を吹きかけられる。

「あっ、あ……」

　ぞくっと、拘束された体が震えた。

「ここが気持ちがいいか？」

「ちが…っ」

　否定の意味で首を振ると、嘘をついた罰のように、きつく歯を立てられる。強い刺激に、腰が大きく跳ね上がった。

「やああっ！」

「発育不良の割りには、感度は悪くないんだな」

　乳首をしゃぶりながらしゃべられると、敏感な尖りに不規則に歯が当たり、水帆は何度となく甘い声を零してしまう。

「あぁ、んっ……」

　長い指が水帆の唇に押し込まれた。水帆の唾液を移したその指で、右の乳首を愛撫《あいぶ》し始める。左の乳首は、音がするほど強く吸われた。

　卑猥《ひわい》な水音に、水帆は羞恥《しゅうち》を感じてかぶりを振る。

「………や………、も、やめて、お兄ちゃ……」

　左右の乳首を同時に弄《いじ》られて、どんな仕組みなのか分からないが、水帆の体は、確かに体温を上げ始めていた。そして、愛撫を受けている乳首と見えない線で結ばれているかのように、足の間に熱が集まり始めているのを、はっきりと感じる。

どうしてこんな風になるんだろう。その変化を一佳に気付かれたら恥ずかしい。

息が乱れ、じりじりと踵《かかと》を擦《こす》り合わせるようにして快感に耐える。一佳に気づかれないように必死でいたのに、いきなり襦袢越しに、大きな手のひらで足の間を押し包まれてしまう。

「ああっ」

「隠すなよ。襦袢に染みが出来てる」

耳元で意地悪く指摘されて、かあっと顔が熱くなる。

水帆の性器からは、衣服を濡らしてしまうほどに透明な蜜がたっぷりとあふれ出していたのだ。布越しに握られた性器は、そのまま上下に擦り立てられた。

「やだ……ッ、そんなことしないで……」

水帆は必死に抵抗した。幼い頃、あんなに無邪気に懐いた一佳の前で、いやらしい反応を見せるなんて、恥ずかしくて死んでしまいそうだ。けれどそう思えば思うほど、欲望は追い詰められ、逼迫する。

「あ……、はぁ……っ、はあ………」

性器の先端は真っ赤な粘膜がすっかり剝《む》き出《だ》しになっている。

滑らかな布地はそれでも皮膚よりはずっとざらつきがあり、充血した性器は皮膚が張り詰めて、酷く敏感になっている。特に先端は過敏で、一佳はわざと、そこと襦袢が擦れるように手を蠢《うごめ》かせている。強い刺激に、水帆は自分があられもなく濡れ蕩けていくのが分かる。どう果てるものなのか、水帆はよく知らない。

一佳に、助けてと訴えるのが精一杯だ。

「もう、もう……っ」

「どうした？」

余裕の笑みで、一佳が問いかける。水帆が恐慌状態にある理由を見透かしているらしい。

「あっ、あ……っ、や、やだ……――」

さっき甚振《いたぶ》られた乳首に口付けられ、水帆は襦袢の下で、腰を大きく跳ね上げる。しかし、何かが勢いよく弾《はじ》けると思った刹那《せつな》、一佳が性器の根元をぎゅっとつかんだ。

「いやあぁぁっ!!」

絶頂を阻止された水帆の悲痛な声が室内に響き渡る。背中の真下で縛り上げられている手首が、ぎりりと音を立てた。玉の汗がこめかみを伝う。

「あ……、はぁ……っ、は……」

「まだだ。気を遣っていいなんて一言も言ってないぞ。気を遣るなら遣るで客に対して口にすべき言葉がある」

水帆を厳しく叱り付け、襦袢の裾《すそ》を大きく裏返す。透明な先走りは襦袢の内側や内股《うちまた》をびしょびしょに濡らしている。

「こんなに濡らして……、水揚げもまだのくせに、はしたない体だな」

「や……」

水帆は泣きながらごめんなさい、と精一杯謝罪した。羞恥に、ぽろぽろと、涙が零れる。

『泣き虫水帆』」

昔の二人だけに分かる言葉を、水帆の耳元に囁きかける。水帆が泣くと、いつもそう言ってからかい、宥《なだ》めてくれた。今の一佳は、水帆が大切にしていた思い出すら持つことを許してくれない。

一佳の惨い仕打ちはとどまるところがなかった。今度は手のひらで直に握りこまれた性器は、いっそう激しく、上下に扱《しご》かれる。熱い蜜のぬめりを借りて、その愛撫はどんどん滑らかに、水音も間断なく聞こえる。

「ああっ、あぁ……」

一度焦《じ》らされ、遠ざけられて、自分を追い詰めるこの感覚が快感だと、水帆はうっすらと理解した。惨く弄ばれながらも、体はもう抗《あらが》えない。むしろ自分から腰を泳がせ、いやらしく息を弾ませ、一佳の指の動きを追った。

陶然と目を閉じると、陶器が触れ合う音を頭上で聞いた。

目を開けると、一佳が手にしているのは湯飲みくらいの大きさの入れ物だった。香蜜《こうみつ》、と呼ばれる蜂蜜《はちみつ》に油と香料を混ぜた液体が用意されているらしい。一佳はそれを指先ですくうと、水帆の下肢に目を遣った。

「い、いやっ」

後ろ手に縛られている水帆は何をされるのか分からないまま、悪い予感に咄嗟に膝を閉じた。水帆の些細《ささい》な抵抗に、一佳は苦笑する。

「自分で、足を開いておけよ。後でつらいのはお前だぞ」

鎖骨の傷口の一つに、香蜜を塗りつけられた。甘い、蜜の香りがした。

「大人《おとな》しくしていないと、お前がもっと、酷い目に遭う」

その脅しが、水帆には途方もなく恐ろしかった。水帆は褥での常識がまだよく分かっていない。男同士の性交の方法は楼主に聞かされたはずなのに、教えられたばかりの知識は水帆の記憶から完全に消し飛んでいた。

足を開けと重ねて命じられ、水帆は泣きじゃくりながら、震える膝をゆっくりと開いて見せた。

下半身でわだかまっていた襦袢の裾が、太腿《ふともも》からはらりと落ちた。封じ込められていた熱が、ふんわりと立ち上る。

「……ひっく……」

小さな嗚咽が上がる。後ろ手に縛られ、襦袢が絡まっているだけの全裸で、立てた膝を大きく開いて下肢を明らかにしている。まるで自分から陵辱を請うているかのようだ。

真っ白いシャツを身に着けている一佳は、その清廉な美貌に皮肉な笑みを浮かべる。

「さすが元華族様は、どんな姿になってもお似合いだ」

酷い揶揄《やゆ》に、水帆はぎゅっと目を閉じ、顔を逸らした。一佳は再び香蜜を指にとると、それを水帆の下肢に忍び込ませた。思いもよらない場所が、ひやりとする。

「ひ！　あっ⁉」

水帆の秘密の蕾《つぼみ》だった。いきなりそんな場所に触れられて、水帆がすくみ上がるその反応を楽しむように、一佳の指が窄《すぼ》まりの表面を指の腹でなぞり上げる。両膝が摑まれて、太腿の前面が胸につくほど前倒しにされた。

「……立派な商売道具じゃないか。硬く窄まって、色合いも申し分ない。綺麗な薄桃色だ」

自分でも見たことがない窄まりを、じっと検分されている。

「いやいやっ‼　見ないで、あっ、あっ」

見られるだけでは済まなかった。一佳は露わになった蕾にたっぷりと香蜜を塗りつけると、指を淫《みだ》らに蠢かせ始めた。

「ひっ……、いやあ――ぁ………」

窄まりのつぼまった表面に円を描くようにして、たっぷりと香蜜を塗られた後、ぐっと指の先端がもぐり込んでくる。

水帆の喉《のど》から引き攣《つ》れた悲鳴が漏れた。

そこの表面に触れられるだけでも嫌なのに、内部が暴かれようとしている。無我夢中で体を捩らせるが、一佳の指は、未熟な器官に少しずつ押し入ってくる。水帆の粘膜は暴かれ、香蜜にとろとろと濡らされた。蕾を淫らに弄ばれると共に、放り出しにされていた性器が一佳の手のひらで捧《ささ》げ持たれる。一佳はそこに、唇を寄せた。

「あっ、嫌……、何、す……っ」

「施してやる。せいぜい感じろよ。いずれ、お前も憶《おぼ》えることだ」

信じがたいことに、水帆の性器は一佳の熱く温《ぬる》んだ口腔に、すっぽりと咥え込まれた。先走りに塗《まみ》れた汚い場所なのに一佳は何の躊躇《ためら》いもなく、水帆に口淫《こういん》を施す。

「……あぅ……っ！　あぁ……！」

水帆は目を見開き、体を仰《の》け反《ぞ》らせた。頭の中が真っ白になるような快感に襲われる。窄めた唇で、ゆっくりと、性器を上下に扱かれ、時々先端の丸みを吸引される。熱い舌が絞り上げるように茎に絡みつく。

「ああ……、いやぁ……」

「嫌なのか？　こっちは泣いて喜んでるが」

「あんんっ」

先端の窪《くぼ》みに舌を押し入れられた。じんと足の指先まで官能が走る。快楽が、羞恥と狼狽《ろうばい》を完全に凌駕《りょうが》する。

一佳に蕩けさせられた水帆の体は、後孔に押し入れられたその指も、すっかり受け入れ、舐めしゃぶっている。くちゅくちゅと水音を立てながら水帆の蕾を開く指は、いつしか二本に増やされていた。浅く深く、抉《えぐ》られ、時に大きくかき回される。

「あ、んっ、やぁ………っ」

「後ろから刺激されるのもいいんだろう？　ここがとろとろだ。いやらしいな、水帆」

前を弄られながら、後ろを淫らに開かれる。

苦痛と恥辱に塗れた愛撫が、水帆を極みへと追い立てる。しかし先ほどのように、一佳が阻《はば》む気配があり、水帆は焦《あせ》って哀願した。

水帆の幼く堪え性のない体では、これ以上吐精を妨げられることはつらすぎた。

「お願い、さっきみたいに痛く握るのは、もうしないで」

汗と涙で顔をびしょびしょにして、一佳に訴える。

「お願いです、もう、もう…、許して下さい。ずっとここが切ないです。もう許して下さい」

腰を持ち上げ、前後に振って、真っ赤になった性器を一佳に示す。はしたない、惨めな仕草と分かっていても、一佳に酷いことをされたくなかった。

「先走るなよ、お姫様。さっき教えてやったはずだ。気を遣るときは、客に許可を得る必要がある」

「きょ、許可？　わか、分からない……」

「お前の快楽はお前だけのものじゃない。ちゃんと気持ちいい、いく、と言えよ。そう言うと、お前を買う客は喜ぶ」

客が喜ぶ。じゃあ、一佳も――？

「いい、いく……」

よく分からないまま、たどたどしくその言葉を口にする。一佳が納得してくれるまで、何度も何度も、いい、いく、と繰り返し、腰を振る。

一佳は唇の端だけで微笑した。性器と蕾への愛撫はいっそう濃厚なものになり、水帆の体を身悶《みもだ》えさせる。

「ん、ん、気持ちいい……、いい、いく……っ」

甘い声で繰り返し、自ら一佳の指や唇を味わいたがるように、水帆の腰は、意識しなくとも揺れ続ける。

やがて水帆は、ようやく絶頂を許された。

「いいだろう。そろそろ、許してやる」

一佳が尊大に囁く。性器を深々と咥え込まれ、水帆はぶるっと体を震わせた。

天にも昇るような解放感。これがいく、という感覚なのだと分かったが、それを口にする余裕はなかった。

「あ、あぁあ――……！」

腰が何度か打ち震えた。まるで、焼けた火箸《ひばし》を突き刺されたような灼熱《しゃくねつ》が、勢いよく水帆の性器を貫く。我慢して、我慢して、最後にとうとう欲望を放った。

それは信じがたいことに、一佳の唇に受けられた。男っぽく尖った喉仏が上下に動くのを見て、水帆はただならぬ羞恥に囚《とら》われる。

子供がする粗相にもどこか似ていて、恐慌状態にある水帆は遮二無二《しゃにむに》、濡れた自分の股間を捩らせた。

「ごめんなさい、ごめんなさい」

恥ずかしくて居《い》た堪《たま》れなくて、水帆は襦袢の上で体をくの字に曲げてすすり泣いた。

一佳は懐紙《かいし》で指を拭《ふ》きながら、おかしそうに笑っている。

「可哀想に。精通もまだだったのか。いかな広い花街と言っても、こうも初心《ねんね》な色子も珍しいだろうな」

後ろ手に縛られていた手首をやっと解放される。手首は擦り切れて血が滲んでいた。

これでもう終わりだと思った。こんなに酷い、恥ずかしいことをたくさんされたのだから、もうお終《しま》いでいいはずだ。

それなのに、違った。

一佳が、やや乱暴に、水帆の足首を摑み、大きく開く。そこに自分の腰を割り込ませ、水帆の肩をしっかりと褥に押し付けた。

「………な、に？」

一佳が冷淡に唇に微笑を浮かべた。さっき指を入れられ、擦られた箇所に、何か熱の塊《かたまり》を押し付けられる。

「いや、何？　いや、嫌だっ」

刃《やいば》を構えるような危うい気配を感じながら、瞬間、水帆を灼熱の衝撃が襲った。

「やあぁ――――………っ！」

それは一佳の欲望だった。

信じ難いことに、一佳の欲望が、水帆の内部を侵し始めているのだ。

いくら香蜜を塗られて解《ほぐ》されていても、初めての行為はあまりにもつらいものだった。

「水帆。いい子だ、力を抜いて、ちゃんと呼吸してみろ」

泣き声混じりの水帆の悲鳴が、室内に響き渡る。

尋常ではない声のはずなのに、けれど誰も、助けになど来てはくれない。

別室の宴の声や、他の色子の嬌声にかき消されてしまっているのか、たとえ聞こえていても水揚げで色子が悲鳴をあげることなど当然と黙殺されているのか。いずれにしろ、この状況で水帆を助けてくれる者は一人としていないということだ。

「いや……、いや……、おねが………っ」

あまりの衝撃と苦痛に、水帆は息も絶え絶えに体を仰け反らせているのに、一佳は水帆の腰を強引に引き寄せ、未熟な蕾をより深く犯す。

「ああぁっ！」

本当につらくて、いや、と繰り返しながら腰を捩る。しかし暴れると、一佳を受け入れた場所が裂けてしまいそうなほど惨く痛んだ。

もう恥も外聞もなく、汗と涙に塗れた顔で、水帆は必死に一佳を見上げ「お終い」を哀願した。必死に謝罪の言葉を口にする。

「ごめんなさい、ごめんなさい。もう、許して…………っ」

「お前の初めての男だ。一生忘れないよう、心と体に刻み込めよ」

「あっ、あ……っ、あ……」

一佳はどこまでも酷薄だった。本来なら有り得ない場所に、無理やり硬い楔《くさび》を打ち込まれ、抉られているのだ。

呼吸して、腹腔《ふっこう》に力が入る度に、はっきりと自分を穿《うが》つ灼熱を感じる。

力《りき》んで精一杯押し出そうとするのに、一佳は残酷にもいっそう水帆の腰を引き寄せ、深く深く穿つ。

「ああぁっ!!」

深々と貫かれる。水帆は悲鳴を上げて、楔を拒むように尻《しり》を引くが、腰を摑まれてまた深

く突き上げられる。一佳の律動にあわせて、後から後から、涙が零れ落ちる。

また突かれて泣きながら悲鳴を上げる。細身ながらしっかりと筋肉がついた一佳の腰の動きはばねのように強靭《きょうじん》で、水帆を苛《さいな》み続ける。

粘膜を捏《こ》ねくり回し、水帆を泣きじゃくらせ、その繰り返しの間合いが、だんだん短くなる。隘路《あいろ》が、少しずつ寛《くつろ》げられているのだ。体の中が、めちゃくちゃにかき回される。

「うぅ、……やあぁ……」

「こんなにきついと、これからの仕事はつらいだろうな。もっとも、客は上等の買い物だと喜ぶだろうが」

水帆には、その意味がよく分からない。

モノ。商品。だから綺麗な思い出を持つことも許されないのか。初恋を大事に胸にしまっておくことも出来ないのか。

「い、……いや、もう…………っ」

穿たれたまま、萎《な》えていた性器を上下に擦られた。甘やかすような一佳の挙動に、水帆の体がひくりと打ち震える。

「や……」

「今、中が締まったな」

「あ……っ」

水帆は、自分の体の不思議な異変に気づいた。繰り返し繰り返し、根気強く擦られ、拓《ひら》かれていると、不意に何か、甘酸っぱい気持ちが立ち上ってくる気配があった。

「うん、ん…」

水帆がつい、甘やかな吐息を漏らすと、褥の上で、まるで恋人同士のようにしっかりと手が繋がれる。痛みと快楽。両極端の感覚が交差する混乱の極みで、水帆の仰け反った胸元に、荒々しい口付けが落ちた。

「また……、きもちいい……いやぁ………っ」

「そのまま、忘れてしまえよ。お前の『お兄ちゃん』は、もうどこにもいないんだ」

水帆は朦朧としながら、その残酷な囁きを聞いている。

七年待ち続けた。いつか帰って来てくれると信じていた。

その人が、水帆に言うのだ。お前のことが大嫌いだった。誰よりお前が憎かった。

お前の大好きな「お兄ちゃん」はもう、どこにもいない。

「………どうして」

一佳が雨宮の家を出てから、水帆はずっと孤独だった。

一佳がいなくなった後、水帆は父母がいながら、あの屋敷で独《ひと》りきりになってしまった。

冷たい空気が流れるあの屋敷で、空疎な気持ちを埋めてくれたのは、一佳との思い出だけだった。

信じていたのにと呟くと、悪魔のように美しいその男は、水帆に囁きかけた。

「俺がお前を堕落に誘おう」


寝乱れた褥の上で、水帆はゆっくりと意識を取り戻した。

窓から差し込む朝陽《あさひ》の下、水帆の髪に飾られていた花が無残に花弁《かべん》を散らしていた。無理やり脱がされた襦袢は、油が切れた行灯の傍に打ち捨てられていた。

いつから起きていたのか、褥の隣に、一佳が入っていた。シャツを羽織った上半身を起こし、脇息《きょうそく》に片肘《かたひじ》をついている。水帆が寝入っている様子を見ていたらしい。

「あ……、あ」

一佳の視線に晒されて、水帆は徐々に、思い出していた。

七年ぶりにやっと会えたその人に、どんな言葉を聞かされたか、どんな無体を受けたか。

一佳がこちらに腕を伸ばす。水帆は恐怖と羞恥に駆られ、声を上げた。

「いやだ、触らないで！」

体を起こし、褥から逃れようと腰を捩らせる。その途端、下肢に思わぬ感覚が起きて、体を打ち震わせた。

「や……ああ、ぁ……っ」

一佳を受け入れ、散々擦られて、まだ熱を孕んでいる場所。

そこからとろりと熱く潤んだ何かが溢れ出したのだ。漏れ出す感触は、不快感よりも、粗相をしたような羞恥で水帆を打ちのめした。

逃げ出そうと膝立ちしたまま、目を見開いて硬直していると、一佳が唇の片側だけで笑う。

「ああ、溢れ出してきたんだろう。懐紙の使い方は？　まだ習っていないのか」

枕元に漆塗《うるしぬ》りの小箱が引っくり返り、中に入っていた懐紙が畳の上に派手に散らばっている。抵抗した時に、水帆が投げたものだ。一佳はその一枚を長い指に取る。

難なく水帆の腰をさらうと、四つん這いの姿勢を取らせた。

「やだ……っ」

何をされるのか分からなかったが、抵抗しようにも体に力が入らない。そのまま、腰を高々と上げさせられてしまう。

「……ああっ」

腫れぼったく、濡れた窄まりの表面を、一佳は懐紙で拭った。敏感になっていた粘膜を、硬い懐紙がざらりとなぞり上げる感触に水帆は息を飲む。繊細な場所なのに、わざとぞんざいにされているのだと、水帆にも分かった。

表面を拭っても、後から後から残滓《ざんし》が溢れてくる。何度も何度も、拭い、擦られる。

「うん……っ」

「一晩に何人も客を取る時でも、先の客の残滓を残しているのはご法度《はっと》だそうだ。お前は自分でここを毎日何度も始末しないといけない。それもお前の仕事だ」

一佳の指が、しとどに濡れた蕾に押し入ってきた。蕾はすんなりと、一佳を受け入れる。昨晩が初めてだったのに、一晩中抱き合っていたから、まだそこは一佳の指の形をはっきりと覚えている。指をぐっと下に引かれ、下方に押し広げられた蕾からは、こぽりと音を立て、中に溜まっていた白濁がとろとろと零れる。

そのふしだらな有り様を、一佳はじっと見ている。水帆は羞恥のあまりに、正気を失いそうになった。

「やあっ……あっ！」

一佳はちゅくちゅくといやらしい音を立てながら、蜜をいっぱいに含んだ水帆の蕾を前後に擦り始めた。

「やっ、やだ……」

また、感じさせられる。それを嫌って尻を退《ひ》こうとしたが、その罰だというように、いっそう中をかき混ぜられる。円錐《えんすい》を描くようにぐるっとかき回されると、内部が大きく広がる。強引に奥を寛げられると、いっそうたくさんの体液が蕾から溢れ出して、一佳の長い指を伝い、褥を濡らす。

「ああっ！　やだ……っ、もういや……」

あんなに嫌だったのに。体は昨日の快楽の余韻をまだこんなに強く残していて、巧みな指《ゆび》遣《づか》いで刺激されればすぐに熱を上げる。水帆の性器もまた濡れ始め、透明な蜜を滴《したた》らせる。

一佳は水帆の反応に気付き、内部を擦りながら、水帆の下肢にも手を回す。陵辱は同じ律動で行われた。

「いや……っあ……」

水帆は褥に頬を擦りつけ、唇を半分開き、一佳が与える快楽にのめりこんでいた。

腰が勝手にうねり、やがて、絶頂間際の、ひくひくという戦《おのの》きが全身を襲う。

「やあ……っ、やめて、もう、これ以上、いかせないで……」

水帆はすすり泣いた。射精の度に、自分がどんどん汚れていくような、そんな気がした。

「ずいぶん感じやすくなったな。馴染みが増えたら、ここをしっかり縛って座敷に出ろよ。抱かれる度に気を遣ってたんじゃゃつらいだろう」

水帆を貶《おとし》める、意地悪な言葉。それを聞いて、悔しさに唇を噛み締めたが、奥の凝りを丸く撫でられて、水帆は堪えきれずにまた、もう何度目か数え切れない快感を極めた。

「あ――……、あぁ……っ」

一晩中、何度も射精させられた。性器からは勢いもなく、とろとろと白濁した体液が零れただけだった。

上半身が褥に崩れ落ちる。高く掲げた腰が、快感の余韻に痙攣《けいれん》している。

「淫乱《いんらん》」

投げ付けられたその言葉の意味は分からなくとも、酷い侮蔑《ぶべつ》であることは、分かった。

「水揚げであれだけ感じて、恥ずかしげもなく気を遣る色子はそうはいない」

自分の痴態を思い出し、水帆は真っ赤になった。

「華族様としてふんぞり返っているより、色子稼業の方がずっと向いてるんじゃないか？　破産して幸いだったじゃないか」

「……嫌い！　お兄ちゃんなんか、大嫌い……っ！」

水帆は我を忘れて目の前の美貌を手のひらで思い切り打った。ぱん！　と高い音が上がり、一佳が勢いよく右を向く。

「あっ……………」

怯《ひる》んだのは水帆の方だった。人に手を上げるなど、生まれて初めてのことだ。真っ青になり、自分の手と、一佳を見比べる。

一佳は打たれた頬を押さえるでもない。ただ悠然《ゆうぜん》と微笑している。

「嫌いだって？　望むところだよ」

「………お兄、ちゃ……」

「色子なら色子らしく、俺のことは速水様と呼べよ。お前の『お兄ちゃん』はもういないって言っただろう」

皮肉にそう言い放つ。彼にはまったく容赦がなかった。体だけでなく、心まで、水帆を屈服させようとしている。

「言えないか？　元華族のお姫様。昔の使用人に傅《かしず》くことは、矜持《きょうじ》が許さないか？」

折檻のときにも、遣り手たちにいつまでも華族気取りでいるなと罵《ののし》られた。

だけど、水帆は自分の身分を笠《かさ》に着たことなど一度もないつもりだった。

水帆の世話を見てくれた一佳は、あんなに賢く綺麗だった。爵位も財産も、大きな屋敷も、何も持っていなかったけれど、華族の嫡男だった水帆より一佳の存在は遥《はる》かに眩《まぶ》しいものだった。水帆は、一佳の愛情を得るためにいつも必死だった。

いつか片羽を傷つけた蝶々だって、一佳に喜んでもらいたくて捕まえたものだった。

「は…、速水様」

水帆は悲しみと涙を堪えて、畳に膝をついた。体の震えを堪え、褥の上にいる一佳に向かって深く土下座する。強引な交合に汚され、濡れた体のままのあまりに惨めな姿勢だった。

「速水様、どうぞ、お許し下さい。無礼を働きました」

何とか、それだけ言い切って、体を震わせる。しばらく沈黙があった。

「顔を上げろ。恨むなら、無能な父親と今まで何不自由なく育ってきた自分の世間知らずを恨めよ」

水帆が顔を上げると、一佳はふいと目を逸らしてしまった。

「これだけ虐《しいた》げられても、お前はまだどこかで俺を信じようとしてる。自分の信頼に必ず応えてもらえると頭から期待してる。お前は誰より傲慢だよ」

一佳の言葉が、水帆の心を何度も何度も切り裂いていく。何の手加減もない。

もう流す涙もないと思ったのに、水帆は視界がぼやけるのを感じる。

瞬《まばた》きをして涙が零れないように、泣いていることを悟られないように。一心に一佳の瞳を見詰めていた。

その時、すらりと襖が開いた。

現れたのは翡翠だった。京紫《きょうむらさき》に染められた打掛けには、茜《あかね》や緑の刺繡《ししゅう》が入っている。裏地は銀色が美しく、白い喉元と色の淡い琥珀色の髪によく映えている。

室内の重苦しい空気に気付かないはずはないのに、水帆ににこりと笑顔を見せ、それから一佳に目を向けた。

「よう、速水。ご無沙汰だな」

まるで古くからの知り合いのように、親しく一佳と挨拶《あいさつ》を交わす。彼が現れただけで、明るい気配が室内に満ちる。翡翠は膝を折ると、流れるような仕草ですいと頭を下げる。

「此度《こたび》は無事水揚げの儀を済ませられましたことを慎みましてお祝い申し上げます。後朝《きぬぎぬ》のお食事をお運びいたしました」

翡翠の後ろから、禿《かむろ》が現れて手際よく乱れた褥を片付け、朝食の準備をする。それはたいそう豪勢なものだったが、今の水帆には少しも食欲をそそられなかった。

翡翠は水帆に新しい襦袢をさっと着付け、それから一佳を促した。

「この妓に源氏名《げんじな》を。『速水様』」

「源氏名？　俺はそういった雅《みやび》な遊びはしたことがないよ」

「色子に源氏名をつけるのは、水揚げ客の特権であって義務でもある。見世に張る札に名なしの権兵衛《ごんべえ》じゃあ可哀想だろう？　この子の雰囲気に合う言葉を、今が盛りの花や季語から選び取ればいい」

「適当に小雪《こゆき》だの手鞠《てまり》だのじゃ駄目なのか」

「もう少し真面目《まじめ》に考えてやれよ。客受けのいい、響きの綺麗な名前がいい」

さっき襖を開いた翡翠の第一声を聞いた時も思ったが、一佳と翡翠はどうも、知り合いであるようだ。けれど、それを問う気力は今の水帆にはない。ただ一佳の横顔を眺めているばかりだ。

その一佳が不意にこちらを見たので、水帆は真っ赤になって、急いで目を逸らす。

「じゃあ、揚羽《あげは》と」

水帆はどきりとした。揚羽蝶。もしかしたら、いつか水帆が捕まえた蝶々のことを、一佳も憶えてくれているのだろうか。

そんないじましい期待が、どうしても捨てられない。優しい時間を共に過ごした昔の一佳の片鱗を、今の一佳の中に探そうとしている。自分が彼に、どれほどの陵辱を受けたか今もまざまざと思い出せるのに。

「可愛い名前でよかったな、揚羽。速水様にお礼を言いなさい」

水帆はふいと顔を逸らした。そんな名前で呼ばれるなんて真《ま》っ平《ぴら》だ。

第一、あんなに恥ずかしい、怖いことをたくさんされて、それでどうして礼など口にしなくてはならないのだろう。

水帆の態度を咎めることなく、一佳がすらりと立ち上がった。

「せっかくの朝食だが、俺は仕事があるのでこのまま帰る。お前は名前負けしないように、せいぜい頑張れよ」

外套を手に、最後の最後まで憎まれ口を叩く。

「張り見世に出たところで、ちょっと血筋がいいだけのチビで痩せっぽちじゃあろくろく客も付かないだろう。食事代から貸衣装代、湯浴《ゆあ》みの代金、すべて見世への借金になるはずだ。ただでさえ莫大な借金を負ってるのに、これじゃあいつになったら年季が明けるやら分からない」

「そんなの、もうお兄ちゃんには、関係ないだろっ」

水帆は咄嗟に精一杯の負けん気で、一佳に反発してみせた。

さっき速水様、と呼ぶように強要されたが、興奮してすっかり忘れてしまっていた。

もう散々、水帆のことを好きにしたではないか。

もうやめて欲しい。もうこれ以上、傷つけないで欲しい。

「お、お兄ちゃんが来なくても、俺はたくさんお客を取って、お金を稼いで、立派な色子になるっ！　だからもう二度とここには来るな！」

「そんな風に、生意気で、元気でいるといい」

水帆の必死の暴言など何ら気にした様子はない。襖に手をかけ、皮肉めいた笑顔を見せた。

「大嫌いだった雨宮家の人間に好きなだけ嫌がらせが出来る。お前に最初から意気消沈されてたんじゃ面白くもなんともないよ」

「…………」

「今夜、また来る」

水帆はびくっと体を震わせる。

「もう、来ないでって……！」

「水揚げの後、二日続けて色子を抱くのがこの街の仕来りだ。別にお前の顔が見たいんじゃない」

そう言って、一佳は座敷を出て行った。翡翠は気にするな、というように水帆を柔らかく一瞥して襖を閉めた。後には水帆だけが取り残された。

一人になって、少しの間堪えたが、やはり駄目だった。水帆は自分の膝を抱き寄せ、声を殺して泣いた。涙が後から後からどうしようもなく溢れてくる。

どうしてこんなことになったのだろう？　何年も、何年も会いたかった人なのに。

水帆はもう何も持っていない。家族も爵位も、帰る家も何一つ持っていない。

もう何もない。だからせめて、優しい思い出だけは、奪わないで欲しいのに。


水揚げを終わらせた水帆は正式に櫻花廓の色子となり、自室として八畳ほどの和室を与えられた。

三階の角部屋で、露台《ろだい》がついており、南向きで日当たりもいい。こんなに上等な部屋なのにたまたま空《あ》き部屋になっていたのだという。

見世からは、衣装や下着などを貸し出された。僅《わず》かなその荷物を行李《こうり》にしまう。部屋のちょうど中ほどに、芙蓉舞蝶《まいちょう》が鮮やかに描かれた背の高い几帳がくの字に配置されている。その陰には行灯と火鉢が置かれ、緋い布団が二段重ねに敷かれている。

つまり、そこが水帆の仕事場所ということだ。水帆は自分が寝起きをするこの部屋に客を誘い、仕事をするのだ。

今日の見世から、水帆は「揚羽」として客を取る。

一佳との売り言葉に買い言葉で、つい「立派な色子になる」と叫んだものの、どうしたらそんな風になれるのか、その方法は全然分からない。足抜けの算段と仕置きの折檻ばかり受けていたから、この街の仕来りすらまだ理解出来ていないのだ。

――やっぱり逃げようか。逃げ出してしまおうか。

露台から緋襦袢を着た上半身を乗り出すようにして、水帆は花街を見下ろしている。花売りが落としたのか、りんどうが、冷たい風に吹かれて石畳の路地を転がっていた。ここから飛び降りたら死んでしまえるかな。

その方がいいのかな。生きていたってもう、水帆には何の希望もない。

いつか年季が明けて外の世界に出ても、水帆には家族と呼べる人はいない。母は亡くなっている。水帆をこの見世に売り飛ばす証文に判を押したのは父だが、華族として常に居丈高《いたけだか》に振る舞っていた父が男の身の上で春をひさいだ水帆を、感謝して迎えてくれるとは到底思えない。

そして一佳も、もう七年前の一佳とは違う。

冷たい目をして、水帆のことが憎かったと言うあの人は、水帆の知っている一佳とは違う。

あの人は水帆が知っている篠井一佳ではない。

水帆が死んでも、誰も悲しんだりしない。

「俺が禿の頃だったかな。大門近くにある廓の女郎が剃刀《かみそり》で喉を掻っ切って死んだんだ」

びっくりして振り返ると、いつの間に部屋に入って来たのか、翡翠が几帳の傍に立っている。

「大門に近い見世ほど、待遇が酷いからな。貧しい村から女衒《ぜげん》にいいように騙されて、無茶な条件で見世に繋がれる女郎は少なくない。それでもまだ、この世に未練があるのかもしれない。大門辺りに時々女郎の幽霊が出るって噂だ」

水帆は目を伏せた。死ぬならこの世のすべてに未練を断ち切っていなければならない。そうでなければ心をこの世に残し、生きている時と同じくこの花街をさ迷い続けることになる。

水帆は、七年間思った人のことを、簡単に忘れてしまえるだろうか。

「湯浴みは？　もう済ませてきたか？」

「………はい」

「そろそろ見世の準備だ。揚羽は一人じゃまだ何にも出来ないだろ。俺が手伝ってやるよ」

そう言って、行李の上に手鏡を立てかけて、水帆を招き寄せる。

色子は見世に出る前に盛装をして髪飾りをつけなくてはならないのだ。

「翡翠さんが支度をして下さるんですか」

「うん。人のをするのは久しぶりだけど、上手いから任せてみ。世話係の禿を待ってぼんやりしてるとろくなことを考えないだろ」

聞いてみれば、翡翠は櫻花廓の色子ではないとのことだった。

確かに昔はここで色子として仕事をしていたが、一度身請けをされて外の世界に出た。ところが身請けをした男が、住まいと財産を残し、早々と事故で亡くなったそうだ。暇を持て余して、時々故郷とも言えるこの見世を訪れるのだという。

本当に気さくな性質らしく、今も鼻歌を歌いながら、水帆の髪を櫛で梳《す》いてくれている。

「うん、ちょっと茶色がかって、素直で柔らかい、いい質だ。俺の髪と少し似てるな」

廊下で擦れ違った色子たちは皆、それぞれ手入れされ、椿油《つばきあぶら》を塗った髪を綺麗に伸ばして、結ったり編んだり、花を飾ったりしていた。幸い、というのもおかしいが、水帆もここ二ヶ月は身に構う余裕もなく、髪は中途半端な長さに伸びていて、梳くには扱いやすい。

翡翠が二つ手を叩くと、まだ十歳を越えたくらいの禿が顔を覗かせる。翡翠が指示を出すと、禿はすぐに花籠《はなかご》に様々な花を盛って戻って来た。

「さあ、何を飾ろうか。源氏名が揚羽だから、それにちなんで蜜が多い花がいいかな。速水の好みを今度聞いておこう」

一佳の名前が出て、水帆は顔を強張《こわば》らせる。それが鏡に映ったのだろう。翡翠は肩を竦めた。

「そう不貞腐《ふてくさ》れるなよ。よかったじゃないか、無事に水揚げが済んで」

「……………よくなんかありません」

「いいや、よかったんだよ。あのままもう一度でも足抜けしてみろ。お前、今度こそ折檻で嬲《なぶ》り殺しにされてたぞ」

凄惨《せいさん》な折檻を思い出し、水帆は思わず体を震わせる。散々殴られて手当てもしてもらえずに川辺に放置された。一佳と偶然再会したのでなければ、あの時に死んでいてもおかしくなかった。

だからと言って、一佳に水揚げされたことを喜ぶなんて、出来ない。

「そんな顔されると心苦しいなあ。だって楼主にお前の水揚げを急がせるように言ったの、俺だからさ」

「翡翠さんが？」

思いも寄らない言葉を聞いて、水帆は顔を上げる。翡翠は花籠から椿の花を摘み上げた。花の紅を水帆の顔色と引き比べ、満足したように頷く。

「楼主とは俺が現役だった頃からの長い付き合いでね。今でも色子の待遇やら客のあしらいで気付いたことにはあれこれ口出しをしてる」

楼主への助言役を負っているらしい。せっかく自由の身になったというのに廓に戻って来るなんてずいぶん物好きだと水帆は思うが、翡翠はこれほどの美貌だ。

現役の頃はたいそうな売れっ妓だったに違いない。陽気な性分で、春を売ることも仕事と割り切り、色子という仕事や見世にもそれほど嫌悪感を抱《いだ》いていない様子だ。

「お前はやんごとない身の上で簡単にはこの街に馴染まないだろうから、さっさと水揚げを終わらせて、今の身の上を思い知らせるべきだって言ったんだ」

何の悪気もなさそうに水帆の髪を弄り、留め金で耳元に椿を飾ろうとする。無垢なほどの白い指先の持ち主の顔を眺め、水帆は半ば呆然としていた。この綺麗な人が、裏でそんな画策をしていたなんて思いもしなかった。

心細くなって、目の縁がじわっと熱くなるのを感じる。

「おっと、慣れない場所で唯一頼りに出来そうな人だと思ったのに、なんて可愛いことは言うなよ？　この程度の方策は廓育ちの色子の手の内。今は惨いと思っても、後になってこれで良かったと思うさ」

水帆の目元に浮かんでいた涙を、さり気なく、指先で拭ってくれた。

「花街のことなんて何にも知らなかったろうに、急なことで不憫だとは思ってるよ。本当は、半年だけでも先輩色子に見習いとしてついて廓修業をさせるのがよかったんだけどな」

普通、大見世の色子は十歳になるかならないかで女衒を介し、花街に売られてくる。

そして先輩色子の下について、禿として世話係をしながら廓修業をする。禿から新造《しんぞう》、何年もかけて色子としての教養を仕込まれ、そして数えで十六歳になると、水揚げされてやっと一本立ちした色子になる。それが色子の出世街道だ。翡翠も九つの頃から、この見世の禿として育ったという。

水帆のように中途半端な年齢で身売りに出された場合には、足さえ開けば教養などまったく必要のない河岸《かし》見世か、よくても大見世である櫻花廓より格が落ちる中見世や小見世に売られるのが普通なのだそうだ。ただ、水帆は元華族という付加価値があった。櫻花廓の楼主はそれを見込んで大枚を払って女衒から水帆を買い受けたのだ。

「だけど、間違った買い物だったと見切られたら、無惨な方法で処分されることがままある。俺はそんな『商品』を山ほど見てきた。お前はその寸前《まさ》だった」

櫛を行李に置いた。鏡の中の水帆の髪は真っ直《す》ぐに梳かれて、椿の花が留め金で留められている。少女の装いをするのが恥ずかしく、水帆は鏡を直視することが出来ないが、翡翠は満足そうに頷いた。

「うん、上等だ。結い上げるにはまだ長さが足りないけど、その代わり毎日色んな花をたくさん飾るといい。鼈甲《べっこう》や金銀の簪もいいけど、客は一日限りの生花の方がずっと喜ぶよ」

それから次は衣装を選ぼうと、花籠と一緒に禿たちに窓際に運ばせていた長櫃《ながびつ》を示す。水帆の今の境遇には不似合いな、紫檀《したん》に金の装飾がされた立派な長櫃だ。

「これは？」

「開けてごらん」

促されて、水帆は長櫃の蓋《ふた》を躊躇いがちに開けた。驚いたことに、中には正絹《しょうけん》の美しい衣装がぎっしりと詰められていた。

「速水から、お前への贈り物だ。さっきこっちに届いた。今日からお前が着る衣装だよ」

不意に一佳の名前が出て、水帆はまたうろたえてしまった。

水帆が今、赤い襦袢の上に引っ掛けているのは、見世が貸し出している水色地に白の暈《ぼか》しが入った打掛けだ。誰にでも似合う凡庸な柄だが、長年使い回されてきたのか色味も古ぼけ、あちこちほつれがある。

「どうしてこんなものを、速水様が」

「速水はお前の水揚げの相手で、今の時点で唯一の馴染み客だからな。お前があまり惨めな格好をしてると、速水が野暮だと笑われるんだよ」

それは今の一佳と水帆の立場をはっきりと知らしめる言葉だった。

金で買われる色子と客。水帆が仔犬《こいぬ》がじゃれ付くように懐いていた人は、あくまで水帆を色子として扱おうというのだ。これがお前が置かれた境遇なのだと馬鹿にして、打ちのめすために贈ってきたに違いない。

「……こんなもの！」

水帆は思わず、長櫃の角を手のひらで叩いた。中にぎっしりと衣装が入っているため、長櫃にはかなり重量があり、畳の上を僅かに滑っただけだった。

それでも水帆は、すっかり興奮して長櫃を拳《こぶし》でぽかぽか叩き続けた。

「こんなものっ、いりません！　速水様に、今すぐお返しして下さい」

「せっかくもらったものなんだから、有り難く受け取っておけよ。どこのお大尽《だいじん》でもこれだけの衣装を揃えてくれる客はなかなかいないよ。それにどの道、お前はまだ、自前の衣装をろくろく持ってないだろう」

翡翠は呆れた様子で水帆の両手首を摑み、子供っぽい振る舞いを止《や》めさせた。

「速水とは何だってそんなにいがみ合ってる？　どんな関係があるんだ？」

水帆は翡翠の腕の中で、びくっと体を震わせた。

「言いたくないなら、言わなくていい。こんな場所だから、思い出くらいは大事にとっておきな」

水帆はしばらく悩んだ。水帆の水揚げについて、思いも寄らない策謀を働いた人だけれど、それは水帆のことを考えてくれてのことだ。芯《しん》は決して悪い人ではないような気がした。

誰も信じてはいけないと翡翠は言うけれど、誰も信じずにどうしてこんな場所で生きていけるだろう。

「速水様は昔、俺の実家にいて、俺の面倒や勉強を見て下さっていました。だけど七年前に、突然姿を消してしまって…速水のお家に入っていたということは、昨日再会して初めて伺いました」

「……そうか」

「速水様は、俺の家や、俺のことが憎くて家を出たと仰《おっしゃ》いました。俺の水揚げも、復讐《ふくしゅう》みたいなものだって。ずっと、速水様に甘えてばっかりいた俺を、いつか泣かせてやりたかったって」

「じゃあ、揚羽には、ちょっとつらかったな」

水帆が顔を上げると、翡翠は労《いた》わるような微笑を浮かべていた。

「お前は、小さい時からずっと速水のことが好きだったんだろ？　だから無理に水揚げされたことがそんなに悲しいんだろう？」

色の淡い瞳は、水帆のすべてを見抜いてしまっているらしい。一瞬、泣き出しそうになったが、水帆はぐっと涙を堪えた。

「俺、立派になりたいです」

水帆は手を握り締め、その言葉を口にした。

「立派な売れっ妓になりたいです。速水様に、もう馬鹿にされたくない。絶対に見返してやりたい」

ずっと信じていた初恋の人に、無理やり純潔を散らされた。好きな人に、ずっと嫌われていたという最悪な形で失恋してしまったのだ。

だけどせめて、めげていない素振《そぶ》りだけでもしたい。心が千切れそうなほどの悲しみを、そうやってやり過ごしてしまいたかった。

「一人でも平気だって。もう速水様のことなんて、何とも思わない。何をされても平気だって、そんな風になりたい」

翡翠は静かに水帆の決意を聞いてくれている。そうして、水帆を抱くと、励ますようにぽんぽん、と背中を叩いてくれた。どうしてか、切なそうな表情に見えた。

「お前の決意はよく分かった。じゃあ、今日から俺は揚羽専用の教育係兼世話係ね。お前は俺には、絶対服従すること」

「翡翠さんが、俺の面倒を見て下さるんですか？」

「揚羽は自分の身支度どころか、廓の常識もなーんにも知らないだろ？　誰かが付きっ切りで教育をしてやらないと、売れっ妓になるなんて、到底無理。しばらく俺が面倒を見てあげましょう」

廓での仕来り、独特の隠語に言葉遣い、毎日の衣装の選び方、客のあしらい方。それらをすべて、翡翠がじきじきに教えてくれると言う。

そうして翡翠は、長櫃の中から豪華絢爛《けんらん》な打掛けを選び出した。それを、鏡の前でまだ半べそでいる水帆の肩に当てる。

「お前は今はこんなに痩せっぽちだけど、顔立ちはとてもいいよ。可愛くて、手鞠みたいに両手のひらに収めておきたくなる。努力すれば、お職《しょく》も夢じゃない」

水帆の素肌の上を、着慣れない布が滑る。色とりどりの帯や紐が擦れ合い、囁きのような衣擦《きぬず》れが聞こえた。帯は前で結ばれ、だらりと垂らされる。

「どうして、帯を前で結ぶんですか？」

「んんー？」

鏡の中で、翡翠はちょっと悪戯っぽい顔をした。水帆の初心《うぶ》がおかしかったようだ。

「そうだな、揚羽が立派な売れっ妓になる頃には、きっと分かるよ」

翡翠の手によって、やがて水帆の衣装は完璧に整えられる。

麻の葉の刺繍をした振袖に、金襴緞子《きんらんどんす》の帯を締め、黒絹に艶やかな芙蓉の花を染め抜いた打掛けを羽織る。耳が隠れるくらいに伸びた髪には、赤い椿の花が二つ、飾られていた。

華やかな虜囚《りょしゅう》。この装いそのものが、色子たちには拘束具になっているのだろう。

これが水帆の、色子としての生活の始まりだった。


廓の表玄関には、表通りに面する格子が紅く塗られた広い座敷がある。釣り燈籠に火が灯《とも》る暮れ六つ（午後六時）、張り見世が開かれる。

三段になった雛壇《ひなだん》には緋の毛氈《もうせん》が敷かれ、現在この見世でお職を張っている白牡丹《しろぼたん》を中心に、艶やかに着飾った色子がずらりと並ぶ。大見世・櫻花廓の色子は総勢およそ三十名。

客達はその姿を一目見ようと格子の向こうに鈴なりだ。

半刻も過ぎると、色子たちは色貝合わせやお手玉をしながら客がつくのを待つ。釣り燈籠が照らし出すその仕草はいっそう華やぎ、仔猫が戯れるような嬌声が上がる。

新入りで、話相手もいない水帆は、前結びの帯に両手を隠し、心細い気持ちで俯いていた。立派な色子になるからと啖呵《たんか》を切ったというのに。情けないことに、水帆に客は、一人も付かなかった。現在この見世でお職を張っている——つまり月一番の花代を稼ぐ色子の白牡丹などは、見世に出るなりすぐに客がやって来て、座敷に上がってしまう。それも、一日で十数人の客が付くこともあるのだそうだ。

見世の正面に掲げられた名札には、水揚げから一ヶ月は「初見世」の赤札がつく。男が新しい物を喜ぶのは当然で、初物には七十五日客が途切れることがないと言われる。水帆が伯爵家から身落ちした色子である噂は客たちにも広がっているようで、好奇の視線が絶え間なく寄せられる。

しかし、水帆の貧相ななりではただ零落《れいらく》した不吉さばかりが際立ってしまい、色を買う客の気持ちがそがれてしまうのかもしれない。

いつしか空《から》っぽになってしまった見世の中に取り残されてしまった。

客が付かずに暇を持て余す色子には遊ばせておかずにお茶っ葉を挽《ひ》く仕事でもさせておけという意味で、売れ残りの色子は「お茶を挽く」と言われる。

水帆はまさに今、お茶を挽いている状態だ。

しかし客が付かないなら付かないで、正直ほっとしている意気地のない自分も、はっきりと感じている。客が付かなければ、誰とも褥に入らなくて済む。

つい安堵《あんど》の溜息を漏らしたその時、紅い格子の向こうで足を止める人の気配があった。水帆は顔を上げる。そこには、黒い外套を着た一佳が立っていた。

思わずお兄ちゃん、と呼びそうになって、水帆はいったん声を飲む。

「は、速水様……」

「情けない奴だな、早速お茶を挽いてるのか」

呆れた様子で水帆を見下ろし、それから傍にいた見張りの男衆に声をかける。

「売れ残りのこの妓を上に上げてくれ」

わざわざ売れ残り、と口にする。とことん水帆に意地悪をするつもりなのだ。

「いやです！　もう来ないでって、言ったのに……！」

水帆は緋格子を摑み、抗議の声を張り上げた。しかし遣り手たちに無理やり格子から引き離される。控えの間に出ると、翡翠から簡単な衣装の検分があった。

「売れっ妓になるんだろ？　ようおつとめなんし」

しっかり仕事をしなさい、と翡翠が艶やかに微笑して、水帆は自分の座敷へと引き立てられた。

水帆の自室には、すでに一佳が入っていた。

几帳の傍の脇息にもたれ、運ばれた食事を肴《さかな》に酒を飲んでいる。

行灯にはもう火が入り、油が燃える甘い香りがする。案内《あない》の二人禿が頭を下げて退室すると、水帆は座敷に一佳と二人きりになる。水帆は襖の傍で小さくなって立ち竦んだ。すっかり緊張してしまっていた。

一佳が再び目の前に現れた。

胸がこんなにどきどきしているのは、きっと昨日受けた仕打ちへの驚きと羞恥のせいだ。

「座りなさい。そんなところで不貞腐れてちゃ色子の仕事にならないだろう。客の食事の介添えも色子の重要な仕事だ」

「い、嫌です。俺は速水様以外のお客を待ちます。速水様に買っていただくのは嫌です」

「こんながりがりの売れ残りの色子にどんな物好きな客がつくって言うんだ。それに水揚げを入れて三日、客が褥に通うのがこの花街の慣《なら》わしだと言っただろう」

じゃあ、慣わしじゃなければ、ここには来てくれなかったということだろうか？

来て欲しくなかったのに、来たくなかったと言われると胸がずきずきと痛む。

「来なさい、揚羽。お前はお前の仕事をしろよ。それともまだ華族様気取りで上《あ》げ膳《ぜん》据え膳でいるつもりか？」

単純な挑発にも、水帆はかっと頬を染める。

長く悩んだが、結局一佳の隣に座った。

一佳の膳の上には、白身や赤身の刺身や、手の込んだ手鞠寿司、焼き魚が美しく配膳されている。この支払いは当然客の負担だ。もちろん色子も相伴に与ることが出来る。少女の衣装を着ているとはいえ、水帆も育ち盛りの少年だ。夕刻時が過ぎて、腹も空《す》いている。

まだ気のきいたことは出来ないが、翡翠から食事の介添えのおおよそは実地込みで習った。廓の常識を教える翡翠の指導は厳しかったが、おかげで酒の酌をするくらいは出来る。一佳に酌をしながら、好物の卵の手鞠寿司を躊躇いがちに頬張った。

一佳は酒を飲みながら食事を取る水帆の様子を見ている。水帆が着ているのが自分が贈った衣装だと、もちろん分かっているだろう。

「可愛いな、馬子にも衣装だ。よく似合ってる」

かあっと頬が熱くなった。馬鹿にされているのだと思ったが、可愛いな、と言われると子供の頃の条件反射でほんの少し、心が暖かくなってしまうのだ。

本当に悲しい、愚かな話だ。

「お前は本当に色が白いから、色が強くて細かい刺繡がよく似合ってる。誰に支度してもらったんだ？　お前一人じゃ打掛けの着付けなんて出来ないだろう？」

「ひ、翡翠さんに………」

「ああ、翡翠か。なるほどな」

複雑な表情を見せた気がする。どうしたのかと尋ねようと思ったが、先に一佳に問われる。

「他に、何か食べたいものはあるか」

水帆はどきっとして、寿司を丸々飲み込んでしまいそうになった。

「汁粉でも頼んでやろうか。甘い物が好きだったろう」

「いいえ、もう子供じゃありません。甘いものなんて、もう好きじゃないです」

ふいと目を逸らす。本当は、汁粉なんて涎《よだれ》が出るほど食べたかった。

昔ほど甘い物が好きでないのは本当だが、それでも、父が倒れて以来、今日まで甘い食べ物など一切口にする余裕はなかった。

けれど汁粉などで懐柔されない。精一杯澄ました素振りで一佳に用意していた言葉を告げる。

「それから、ああいう物を送り付けるのも、もうやめていただけますか」

「ああいう物？」

「着物です。今、着せていただいているこの着物とか、他にもたくさん」

「気に入らなかったか。呉服屋で、お前の特徴を言って適当に揃えさせたんだ」

「俺は色子としてこの廓で働いてるんです。衣装くらい、自分で働いて買いますから」

「よく言う。初日からお茶挽きしてたくせに」

そう言われると、水帆には一言もない。

「お前が嫌がるなら、毎日何か贈ってやろう。着物も髪飾りも、お前は何も持ってないから何を贈っても何らかの役に立つだろう」

水帆はぽかんとしてしまった。水帆は今、一佳の贈り物は不要だと言ったのだ。必要な物は、努力して自分で手に入れる。一佳に借りは作りたくない。

「俺は、贈らないで下さいと、お願いしてるんです」

「分からない奴だな。俺はお前に嫌がらせをしたいと言ってるんだ」

一佳は軽く盃《さかずき》を傾けた。

「それとも、着物はいらないっていうお前のその反抗的な態度は、床入りに誘う色子の手管なのか？」

「……てくだ？」

意味が分からず小首を傾《かし》げると、一佳は盃を手に、ふっと笑っただけだった。

一佳に嫌われているのだともう散々思い知らされたはずだ。それなのに、一佳の笑顔を見ると、勝手に顔が赤くなる。胸が切なくて痛くなる。

心と体がばらばらになって、上手く制御が出来ない。何だか落ち着かなくて、水帆は立ち上がった。しかしその手首が乱暴に取られる。

「何をそわそわしてるんだ」

「禿を呼んで来ます。……お酒のお代りを」

「もういい。お前はろくすっぽ飲めないのに、俺ばかり飲んでもつまらない。それともまた足抜けでもするつもりか？　俺から逃げようというわけか」

「ち、ちがいます」

水帆は慌ててかぶりを振った。摑まれている手首から伝わる一佳の熱。それにすら、どぎまぎする。そのことを悟られたくない。その思いが、水帆の表情を益々反抗的なものにさせる。

「そんなに俺が贈ったものが気に食わないなら、捨ててしまってもいいぞ。今、お前が着てる衣装も俺が贈ったものだ。それを全部脱いで、捨ててしまえよ」

「え……？」

水帆はきょとんと立ち尽くしていた。一佳はネクタイを外し、カフスを取る。そうしてやおら水帆の手を引くと、几帳の向こうの褥へと導いた。

「脱げよ」

「い、嫌」

「買った色子を裸にさせて何が悪い。俺が贈ったこの着物は気に入らなかったんだろう？　さっさと脱げよ」

「嫌です、そんなつもりじゃ……」

気に入らないなら着物を脱いで捨ててしまえというのは、水帆の反抗的な態度を逆手に取った意地悪だと分かった。

だが、反論も抵抗も一切認められなかった。せっかく翡翠が着付けてくれた打掛けは背後から剝《は》ぎ取られ、また起き上がって逃げ出そうとするが、その前に一佳の長身が伸し掛かってきた。

昨日とまったく同じ状況だが、何をされるか知っている分、水帆の抵抗は激しくなる。

「嫌だ……っ！　いや！　いや！」

体に巻きつけられていた紐や帯が手際よく解かれる。腹の辺りを探られ、水帆は自分が肉食獣に捕らえられ、腹を食い破られる獲物になったような錯覚に囚われる。

「速水様」

目に涙をいっぱい溜めて、水帆は一佳を見上げる。

どうせ昨日と同じ状況になるなら。どうせ逃げられないなら。

「お願いです。ひ、酷くは、なさらないで下さい……」

体を震わせながら哀願する水帆を、一佳は面白そうに見下ろしている。

――算数は、今日は嫌。今日はご本を読んで。それともお外で鬼ごっこをしよう？

子供の頃の駄々やおねだりとは、もう違う。

懇願するのが屈辱なのではない。ただ、こんな関係が悲しく、寂しかった。

「……昨日、とても、とても恥ずかしかったです……、そこが、痛くて、今日も、手水《ちょうず》のときや、湯浴みのときに、染みて……」

惨めであまりにも恥ずかしい告白だった。

羞恥に零れ落ちた涙を見て、一佳がふと表情を和《やわ》らげた。

「確かに昨日は痛い目にあわせたな。もっとも、お前も最後は腰を振って喜んでたが」

「……」

「今日は少し優しくしてやろうか」

優しくしてもらえる。水帆は目を見開き、その言葉に期待を寄せた。一佳は香蜜の瓶を取ると、中身を褥の上に垂らした。とろりとした液体が褥の上に溜りを作る。

「自分で納得するまで塗るといい」

自分で、一佳を受け入れる窄まりに香蜜を塗り込めというのだ。それのどこが優しいと言うのだろう。彼の節の高い指で無理やり押し開かれるよりは体が楽だろうと、情けをかけているつもりなのだろうか。

水帆は褥に出来た染みを見詰めた。優しくしてくれるのだと勘違いしただけに、いっそう涙が込み上げる。けれど、ここで恥じらったりしたら、余計に一佳を楽しませるだけなのだと気づいた。一端《いっぱし》の色子の素振りで、こんなことは何でもないと、精一杯平静を装うことにする。

「……こっちは、見ないで下さい」

一佳に背を向け、香蜜の溜りを跨《また》いで褥に膝をつく。後ろを向いてこっそり準備をしようと思うのに、それすら一佳は許さない。

「何をこそこそしてる？　全部俺に見せろよ」

冷淡な命令に、水帆は唇を嚙んだ。逃げることも、隠れることも許してもらえない。

水帆は膝立ちのまま、のろのろと体を反転させる。一佳の視線に真正面から晒され、恥辱に満ちた作業を始めた。震える指で香蜜をすくい、襦袢の裾を割る。やや前屈《まえかが》みになって、下肢に手を伸ばした。

「…………んっ……」

体の奥にある蕾。触れなくても、昨日散々いじめられたそこは熱を持って充血しているのが分かる。恐る恐る触れてみると、ぽってりと柔らかい。自分の体の一部とはまるで思えなかった。

一佳は水帆の拙《つたな》い挙動を肴にでもするように、褥の上で片膝を立て、酒を飲んでいる。さっきから相当飲んでいるはずだが、漆黒の瞳を揺らがすこともなく、所作にも乱れがなかった。よほど酒に強いのだろう。

水帆は細い指を動かして、香蜜を蕾の表面に移していく。充血した感触が、いっそう柔らかくなっていく。それが恥ずかしくなってつい膝を閉じてしまう。

「閉じるな。足を開いたままで縛られたいか？」

水帆は慌ててかぶりを振り、また膝を開く。もっとよく見せるようにと命じられたから、腰をややせり出すようにして、行灯の光を下半身に受ける。もう一度、指に香蜜を足し、ゆっくりと塗《まぶ》す。

「……………う、っん、ん」

「そのままだ。指を中に入れてみろ」

命令に体が竦んだ。けれど、少しずつでいい、と促されて、思い切って、ほんの少しだけ、指を窄まりに食い込ませる。

慣れない手付きで、少しずつ、少しずつ、指を押し入れる。水帆の指は一佳のそれよりずっと細いので、思っていたより苦痛は少なかった。

「ん、ん……」

指を動かすように、一佳に言われたので、羞恥を堪えながら人差し指を上下に動かす。ちゅくちゅくと、香蜜が泡立つ音が聞こえる。蕾の様子は見えないまでも、押し広げられた自分の股間を出入りする、手首の淫らな動きははっきりと分かる。

蕾をどんな律動で擦っているのか、充血した粘膜がどんな風に指に絡み付いて来るか。感じている様子を一佳に見られている。

一佳はしばらく、水帆の行為を眺めていた。

だが、途中から飽きたように、盃を膳の上に放り出してしまう。

「下手《へた》くそ。それじゃあ中まで濡れないだろう？　つらいのはお前だと分かっているはずだ」

「あ……っ」

長い腕が伸び、いきなり足首を取られ、まるで腹を見せる蛙《かえる》のようにひっくり返される。

緋い布団の上。こんなに恥ずかしい格好はもう二度と嫌だと思ったのに。昨日みたいにつらく、恥ずかしいことは、もう死んでも嫌なのに。

腰を深く折り込まれ、尻が上向けられる。今、水帆が懸命に自分で開いてみせた蕾を、一佳はじっと見下ろしている。

「ああ、少し腫れてるな。昨日、何度も出し入れしたから、仕方がないか」

水帆は恥辱に激しく髪を振り立てた。

「こんなことばっかりして…！　仕返しがしたいなら、叩いたり、殴ったりしたらいいじゃないか」

「体だけをめちゃくちゃにしたいなら、昨日、あのまま雪の中に放っておいたさ」

親指と人差し指で、蕾を寛げるように、上下に押し開かれる。水帆はきゅっと息を飲んだ。

一佳の節の高い指を突き入れられるのだと思ったら、違った。もっと、柔らかくて濡れた感触。

「な、に…………っ？」

首を僅かに起こし、水帆は目を見開いた。一佳は水帆の窄まりに唇を寄せていたのだ。

「いやああ……、いや――――っ!!」

急いで体を起こしたが、間に合わない。太腿をしっかりと固定され、ぐっと舌を押し入れられる。

「いやぁっ、だめ…………っ、だめ――――…………」

昨日から続けざまに甚振《いたぶ》られているそこは、硬い指だけでの愛撫は確かにつらい。だけど、こんなことはいけない。一佳を受け入れる窄まりは、体の中で一番汚い場所でもある。一佳に汚いことをさせる罪悪感に、水帆は髪を振り立て、半狂乱で悲鳴を上げ続けた。

一佳は水帆の抵抗を完全に黙殺している。舌はより深々と水帆の内側を舐め解す。

嫌なのに。こんなことはしてはいけないのに。

水帆の襞《ひだ》は柔らかい愛撫を好んで、一佳に媚《こ》びるように収縮をしている。

水帆が漏らす声にも、だんだん、甘さが混じり始める。

「ああ、ん…………っ、あ……、ん…………っ」

水帆の呼吸に合わせ、香蜜を塗した一佳の指先が、ぬるりと中に入り込んだ。

「あっ、あう」

自分で表面を濡らし、一佳の舌での愛撫でしとどに濡れそぼっていた水帆の蕾。そこを擦られるとすごく感じる。

それが恥ずかしくて、認めたくなくて、ぽろぽろと涙がたくさん溢れる。

「泣いてないで、自分の体がどんなにいやらしいのか、しっかり感じろよ」

水帆の中に深く入り込んでいた指が引き出される。香蜜に塗れて光る一佳の指が、はっきりと見えた。水帆の内部がしとどに濡れている証《あかし》だった。

「お前の中は、とろとろで柔らかいくせに、俺の指をしっかり食い締めてくる。本当に物欲しげだ」

「イヤ………」

顔を逸らすと、もう一度、深く指を突きたてられる。ぐちゅ、と水音が聞こえた。

「や……、あん………っ」

「聞こえるだろう？　男のくせに、自分で濡れてるんじゃないか？」

男のくせに、と言われても水帆にはよく分からないが、いやらしい、謗《そし》りであるということは分かった。

水帆の蕾が散々に蕩けると、一佳は自分の衣服を寛げた。褥の上でぼんやりと虚《うつ》ろな目をしている水帆に伸し掛かる。膝を開かれ、一佳の腰を受け入れさせられた。

「あ……」

先端が窄まりに押し当てられる。

まるで恋人の情事のように、指を絡ませあい、体を重ねあった。

一佳は無言で、腰を進めた。粘膜を本来とは逆方向に暴かれ、ゆっくり、ゆっくりと逆立てられる感覚に、水帆は悲鳴を上げた。

「ああっ、ああ――……」

つい、押し留《とど》めるように彼の胸に手のひらを押し当てていた。益体《やくたい》もない抵抗に一佳が苦笑する。

「……色気のない。背中に回せよ」

「うう……っ」

「背中に回しなさい。揚羽、優しくしてやる」

その誘いかけに、水帆はすがるようにして従った。一佳の足が、水帆の腰を割り込んでくる。灼熱に、一気に貫かれた。

「あ――……っ！」

体中にがくん、がくん、と衝撃が走り、信じられないくらい大きな声が、水帆の喉から迸《ほとばし》った。

けれど、信じられないことに、それはもう苦痛ばかりではなかった。破瓜《はか》の時は、わけも分からず恐慌に陥るばかりだったのに。

今は、熱を受け入れて、体の内部に物狂おしさが生まれている。

「あ……っ、あ……！　あぁ………！」

「どんな具合だ？」

「いっぱい、奥が………」

「奥が？」

開かれている。

開かれて、――気持ちがいい。無意識に答えると、一佳は容赦なく、水帆を貪《むさぼ》り始めた。

「あぁぁっ」

あまりの快楽を恐れて、褥の上方へずり上がってしまう肩を、難なく手のひらで抑えこまれてしまった。体の奥からの快楽にすっかり反応して、自身の先走りに濡れている水帆の性器を、一佳は右手で押し包み、ゆっくりと擦り上げた。

「や……、あん……っ」

性器への愛撫と同時に、前後に激しく突き上げていた一佳の腰が、丸く円を描くように動く。その瞬間、水帆の目の奥に閃光《せんこう》が走った。水帆の中には、恥ずかしい凝りがある。

過敏な神経が幾重にも重なっている、硬く小さな凝り。

一佳が指先で探り当てた水帆の最も弱い性感帯だった。

ここを弾かれると気持ちがいいんだろうと尋ねられて、恥ずかしくて否定しても、一佳が指先で爪弾《つまび》いただけで、水帆の性器は一気に硬直する。

一佳の性器の括《くび》れで凝りをいじめられると、快感が波紋のように全身に広がる。腰が捩れ、もっともっと、一佳を強く食い締めてしまう。

「いやあ……、こんなの、おかしい……っ！」

「おかしくはない」

一佳は笑って、水帆の喉元に口づけた。

「お前が感じやすい証だ。色子として、上等だよ」

「あああっ！」

水帆の弱い凝りをしっかりと引っ掻き、擦り立て、引き抜けるぎりぎりまで一佳が退く。脳天を突き抜ける快楽に、水帆は細い声を上げ、背中をしならせた。もう一度、一佳が腰を進める。またじっくりと擦ってもらえるのだと思ったら、今度はわざとのように、浅い場所で前後される。期待を裏切られて、水帆の腰は不満げに上下に揺れる。

「ん、いや、いやぁ……」

焦れったくてむずがるように頭を振ると、それに応えるように、次は深く貫かれる。その次は、また、少し浅い。

「やああ……っ」

水帆は堪らず、髪を振り立てた。一佳のいいように、焦らされ、弄ばれている。

水帆の体に灯った官能は、一佳が与えたものだ。支配されている感覚をはっきりと感じる。

「あん、あぁ………ん」

勃起《ぼっき》した性器を、一佳の腹に擦り付ける。

まるで女のように、内部を暴かれて、快感に導かれる。

男として、何よりの屈辱に違いないが、そんなことを考える理性はどこにも残っていない。

「気持ちがいいか？」

「………」

「ここが気持ちがいいのか？　答えなさい、揚羽」

もういっぱいいっぱいに広がって、引きずり出されると、柔らかくなった内部の粘膜がほんの少し、覗いてしまう。一佳はそこに濡れた指を丸く這わせた。

「んっ、や」

敏感な粘膜を撫でる指の感触に、水帆はきゅうっと一佳を締め付ける。

「き、気持ちがいいです。速水様」

堪らず、水帆は官能の言葉をこぼす。

「いや……っ、きもちい……、いやぁ………っ！」

「いい子だ。ご褒美をやろう」

一佳の律動が始まった。指よりずっと長いそれが、水帆のあの凝りをいじめ、刺激する。

一佳の括れで上手くこね回されると、水帆の体を重い快感が貫いていく。快感に振り切られないよう、必死になって一佳にしがみ付いた。

「あ………ん、あ………っ、………」

甘えるような嬌声が迸った。

「いい………速水、様、気持ちいいです…」

乳首を千切れそうなほど強く、唇に含まれる。びりびりと快感が体中を走り、中の一佳をいっそう締め上げてしまう。極みに近い水帆の切ない蠕動《ぜんどう》は、内部にいる一佳にもはっきりと分かるだろう。自分よりずっと大きな体に抱き竦められ、快感に体を委《ゆだ》ねる。

「そのうちお前はここだけでもっと可愛くなれる。後ろをこうして突かれるだけで、いやらしくここを濡らすようになるよ」

奥まで穿たれた途端、中で放たれて、その飛沫《しぶき》が水帆の内部を打つ。敏感になり過ぎている水帆は、欲望を内壁に叩きつけられるその感触だけで達してしまった。

一佳はゆっくりと己を抜き出す。その感触で水帆にあえかな声を上げさせると、次には栓《せん》をするように、二本の指を挿入する。

「や、もう、や………っ」

そうして、体を起こすようにと命じる。

「一滴も零すなよ」

「や……、やっ、あっ」

「跨いでごらん」

顎で示されたのは、褥の上に放り出された手鏡だ。今は天井が映っているそれを跨げと、一佳は言っている。水帆は上気した顔をゆるゆると振った。先ほどの激しい交合で、また思考が朦朧としている。

それでも、そんなところを跨いだら何が映るか、水帆にもちゃんと分かった。

「……い、いや、そんなの、イヤです」

それでも色子の「嫌」が通るはずがない。泣きじゃくる水帆は背中を押され、羞恥に震える足で手鏡を跨いだ。裸の尻に、鏡のひんやりとした気配を感じる。そこに今、何が映っているか考えたくもなかった。

「どんな具合になってる？　さっきまで、俺を美味《おい》しそうにしゃぶっていた場所だ」

水帆は目を閉じ、嫌だと何度も何度もかぶりを振った。お願いだから許して欲しいと訴え、鏡を決して見ようとはしなかった。

こんなの酷すぎる。いくら水帆のことが嫌いだからって、あんまりだ。

しかし一佳に再度促される。

「揚羽。俺は頼んでるんじゃない。命令してるんだ。自分の立場をよく考えろよ」

尊大な口調に、水帆はとうとう屈した。泣きながら、足の間の手鏡を覗き込む。室内の照明は几帳の傍に置かれた行灯だけだ。水帆の体の真下に置かれた手鏡に上手く光は届かないが、それでも、見たくないものほどはっきりと目に映るのかもしれない。

「あ……」

水帆はその場所の淫らな様子に、一瞬で両手で顔を覆った。

一佳に散々弄ばれ、蹂躙《じゅうりん》された場所。少し綻《ほころ》びかけたような、赤い小さな花の蕾。表面を白い蜜でとろとろと潤わせ、今にも雫《しずく》を滴らせそうだ。

「自分で、指を入れてごらん」

羞恥のあまりに、水帆はもう抵抗する気力もなく、従順でいた。水帆は一番細い小指を、蕾へと潜り込ませた。ちゅく、と音がして、ほんの爪先が蕾に入り込む。

「あ、ん、んっ」

「どんな具合だ？」

「……熱い、です」

「それから？」

水帆は羞恥に体中を紅に染める。虫が鳴くような声で、少し、気持ちがいい、と答えた。

一佳を咥え込んでいた場所は、熱くて、濡れていて、とても柔らかい。

「そう、お前の指も気持ちがいいはずだ。もっと奥まで入れるといい」

肩を摑まれ、ゆらゆらと揺さぶられる。自慰をこんな形で見られ、見せられている。これも色子の遊びなのだろうか。それとも、水帆をもっと打ちのめすための、一佳の嫌がらせなのだろうか。どちらにしろ、水帆には死んでしまいそうなくらい恥ずかしい。

「ん、んん、あ……」

指を自ら出し入れしながら、それでも水帆の性器はすっかり屹立《きつりつ》し、蜜を滴らせる。鏡に透き通った雫が零れ落ち、水帆をいっそう恥ずかしい気持ちにさせた。

「ああ……っ」

やがて、蕾から真っ白い蜜が溢れ出すのを、水帆は見た。

水帆の蕾からとろりと零れ落ち、鏡を汚してしまった。その上にしゃがみ込んでしまう。内腿も、尻も、自らの体液でびしょびしょに汚れてしまった。

「自分の指で感じたのか」

貶《おとし》めるように、一佳が耳元で囁く。

「あんなに小さかったお前が、こんなに淫乱に育つなんて思ってもみなかったな」

力尽きて、とうとう褥の上に横倒れた水帆の体を、一佳は抱きとめてくれる。

細身ながらも逞《たくま》しい一佳の体に縋《すが》りつく。水帆はそのがっしりとした肩の辺りに、傷跡があるのを認めた。背中を斜めに走り、まだ薄桃色に盛り上がっている生々しい傷跡。かなり新しい傷のようだ。子供の頃には、こんな傷はなかった。

これはいったいどうしたのかと尋ねようと思ったが、一佳はまた、水帆を褥に押し倒す。

「あ、やめ……、いや――……」

潤った蕾を猛々《たけだけ》しい雄に一気に貫かれ、水帆は体を仰け反らせて声を漏らした。

褥は、二人分の体液を吸って、しっとりと濡れている。

褥と擦れ合って尖った乳首を、指先で軽く転がされる。水帆は背後から責め立てられていた。

「ああっ……、あぁ……っ」

一佳のゆうべの二回目の登楼《とうろう》から、もう何度目の交合か、水帆には数えることも出来なかった。

窓の外には激しい雪が降り続けていた。それを理由に、一佳は昨晩から居続けをしている。朝が来ても楼降せず、敵娼《あいかた》である水帆の部屋に逗留《とうりゅう》し続けているのだ。他の色子が湯浴みをしたり、食事をしたりして体を休める時間も、水帆はずっと一佳と褥の上で過ごした。時間外に色子を拘束することになるから、客には法外な花代が請求される。そんなものは一佳はまったく気に留めていない。

度重なる交合にすっかり疲れ切って、意識を失うと、そのまま一佳の腕に抱かれて眠った。

目を覚ますと、くしゃくしゃになった襦袢だけを羽織った格好のまま、食事を取らされる。口を開くことさえもう億劫《おっくう》で、食べたくないと顔を背けても、粥《かゆ》や焼き卵を千切ったものを、顎を取られて口に放り込まれる。口移しに白湯《さゆ》を飲まされ、その後は、またすぐに褥に連れ込まれた。

最初に注がれた香蜜がすべて流れ出してしまっても、水帆の内部は一佳の欲望でたっぷりと潤んでいる。しとどに濡れそぼり、一佳を根元まで受け入れる度に、溢れ出して褥にいくつもの染みを作った。

「ああっ、あぁ…、いやぁ……っ」

水帆はしっかりと、四肢を踏ん張り、背後からの抽送に耐えた。深く突かれると、つま先までじん、と甘い官能が走り、唇から甘声が零れる。

外ではしんしんと雪が降り続けている。

積雪が音を吸い込むせいか、昼下がりの花街は常ならず静まり返っているようだ。

一佳が水帆の両足を高々と開き、正常位で貫いた。もう何度も一佳を受け入れているが、最初の挿入には少し体が怯えて硬くなる。

最初の括れを飲み込むと、ほんの少し呼吸が楽になった。徐々に太くなる楔が少しずつ、しかし確実に押し入ってくる。二度、三度、一佳の性器があやすように上下し、しっかりと抱き締められ、濡れた肌が合わされる。

「……あ、っん……あ……」

くちゅ、くちゅ、と水帆は自分の内側で起こる恥ずかしい水音を聞いている。

「もう、や……、おに、ちゃ……、かんにんして、もういや……っ」

助けを求めるように伸ばした腕が取られ、指先に口付けられる。そこから甘い痺《しび》れが生まれた。

あまりの官能から逃げ出してたくて、手をさし伸ばした窓の向こうの雪は止む気配を見せない。

水帆の脳裏に、子供の頃の記憶がふと蘇《よみがえ》った。

そうだ、屋敷の厨房に二人で忍び込んで、若い女中に飴湯《あめゆ》を作ってもらったことがあった。それを一佳と一緒に飲んだのだ。

生姜《しょうが》を磨《す》り下ろして、鍋の中で水あめを溶かしていく様を、水帆は珍しい気持ちで見ていた。男子が甘いものを口にするのは雨宮家では厳禁だった。執事や女中頭に見付からないよう、テーブルクロスの陰でどきどきしながら湯飲みに口づけた。

ああいった冒険は、大人びていた一佳には退屈なものだったのかもしれない。多分、水帆にいやいや付き合っていてくれただけなのだろう。

大切にしている思い出を手にとっては開いてみる。そんなことをしているのは水帆だけなのだ。一佳はただ、報復の対象としてしか水帆を見てはいない。だからこんなにも長く、水帆を甚振《いたぶ》るのだ。

一佳が不意に、角度を変える。水帆の敏感な輪に引っ掛け、浅い場所を探る。焦れったくて、焦れったくて、もっと奥が欲しくて仕方がない。甘い感覚が、どうしようもなく体の奥から立ち上る。

「うんっ、んっ、ん」

食い縛っていた水帆の唇から、また甘い溜息が零れ始めた。

「あ……あ、あんっ、あぁ！」

深々と刺し貫かれながら、水帆はかぶりを振った。

水帆は性交で感じ始めると、体に帯びる快感とは裏腹に、どうしても、いや、と口走ってしまう。男同士の性交を受け入れるようになった自分の体が恥ずかしくてならなかった。

初夜ではあれほど嫌がって、泣いて拒んだと言うのに、一佳が予告した通り、水帆はいつの間にか、前に刺激を貰《もら》わなくても後ろでの快感だけで精を吐いてしまうようになっていた。

「ダメ、お願い……っ、もうダメ……」

「教えてやろうか」

耳孔に舌を押し入れられる。舐められ、唾液で塗れた皮膚がひんやりと冷え、水帆は体を戦かせる。

「……んん」

「イヤって言う度に、お前のここは、俺のことを締め上げてくる。自分の言葉に煽《あお》られるんだろう。否定しても、俺が突き上げる度に、喜んで絡み付いてくる」

「………言わないで………っ」

尻を鷲摑みにし、深く深く穿たれる。一佳の逞しい腰が尻に触れるのがはっきりと分かった。

「あ――――!!」

仰け反った体を、一佳にしっかりと抱きとめられる。

「イヤ………っ、そんなの、深い……!」

水帆の手が取られ、自らの性器にあてがわれる。何度も何度も精を吐き、くったりとしていたはずの性器は水帆の手の中で、とくんと脈打った。一佳が手を添え、具合のいい律動を教え込むように上下させると、ゆっくりと昂《たか》ぶりを取り戻す。

「だめ、擦らないで………、も、いやぁ……っ」

「つらいなら、後で口でしてやろう」

からかうでもなく、水帆を宥《なだ》める様に囁く。その悦《よろこ》びを思い出して、水帆はぞくりと体を震わせる。水帆を穿つ速度が、不意に速くなる。

「んんっ、あん………、いい……」

気持ちがいい、と無意識に訴えると、内部の一佳が、重たいほどに嵩《かさ》を増した。

水帆を見下ろす黒い瞳は、七年前と何も変わらない。しっかりと絡み合うその指の温《ぬく》もりも変わらない。

だから一佳の傍にいると、水帆の心は、不思議に自由になる。

時間にすら囚われずに、幸せだった過去に戻っていく。

一佳に手を引かれて、一佳の笑顔だけを信じていたあの頃に。まるで、綺麗な羽をした蝶々が気持ちよく、空を飛ぶみたいに、幸福に。


襖が閉まる気配があった。

裸のままうつ伏せで眠っていた水帆がぼんやりと目を開けると、その肩に誰かが襦袢をかけてくれる。翡翠が傍らに膝をつき、こちらを覗き込んでいた。

「あ……」

水帆は急いで体を起こした。その人の姿を探すように、夢中で室内を見回す。

一佳がいないと気付いて、一気に不安になった。

「速水様は……？」

散々声を上げさせられたからだろうか。声がかさかさに乾いてしまっていた。

「今、お帰りだ。大儀だったな、この廓で三日も居続けなんて年嵩《としかさ》のお大尽だって滅多にしない」

翡翠が様子を見に来てくれたのだ。交合が延々と続けられた寝乱れた部屋にいるというのに、まるで百合《ゆり》の花みたいに凛然《りんぜん》とした顔をしている。

豪奢な打掛けのその肩が、白く染まっているのに水帆は気づいた。

「……翡翠さん、肩に雪が」

「ああ、今、雪が降ってる。速水を見送りに大門まで行ってたんだ。お前の名代《みょうだい》でね。俺を名代にするなんてお前も大出世だ」

ちくりと胸が痛んだ。朝まで居続けた客は、色子が大門まで送っていく慣わしなのだ。

しかし一佳は、水帆が気を失っている間に、仕事があるからと帰ってしまったらしい。

大門まで送るなら、水帆が送って行きたかった気がする。けれど、黒い外套を着た長身の一佳と並んで歩くなら、翡翠の方がずっと見栄えがする。水帆を連れて歩くなど、一佳には恥以外のなんでもないのかもしれない。

「あいつは、雪の中見送りに出て風邪をひかせないように、お前が眠ってる間に楼降《お》りたんだよ。子供の頃、雪が降る度に熱を出してたんだって？」

そんなのは嘘だと思う。一佳がそんな風に水帆を思いやってくれるわけがない。

子供の頃、雪が降る度に熱を出していたのは本当の話だが、色子に風邪をひかせないよう廓に対して気遣ったに過ぎないだろう。

翡翠は微笑して、水帆を清潔な敷布を敷いた褥に横たえ、そこで眠らせる。

「疲れたろ。三日の長務めだったもんな。一眠りしたら湯殿を使って、今日はゆっくりお休み」

「はい……」

今日は、見世に出なくていいということらしい。水帆は心底ほっとしていた。しゅんしゅんと、火鉢に置かれた鉄瓶から温かい湯気が立ち上っている。

翡翠は何度となく水帆の髪を撫でてくれた。翡翠の手のひらは、ひんやりしていてとても気持ちがいい。優しくて、安心する。

「速水様も、昔は優しかったです」

ぽつんと洩《も》らすと、翡翠は透き通った色の瞳で水帆を見詰めた。

「会えた時、ほんとに嬉しかった。涙が出て止まらなかった。今でも、こんなことになったけど、今でも本当は……」

疲労のあまりに、だんだん思考が朦朧としてくる。

「速水様の傍にいられたら、やっぱり、少し、嬉しいです。もっと頑張るから……速水様が俺を嫌いだったことが、少しずつでも、晴れたら、嬉しいな……」

でももう、それ以上何も考えられない。水帆はそのまま、すう、と寝入ってしまった。

「……お前は、いい子だな」

翡翠が水帆の前髪をすくう。その指先からは雪の匂いがした。


昼八つ（午後二時）。

朝の遅い廓内は、まだのんびりとした雰囲気だ。

緋襦袢姿の水帆は自室の鏡の前で、ぺろっと舌を出した。舌の上には、小指くらいの長さの赤い糸がのっている。それが真っ直ぐ線を描いているのを見て、水帆はがっかりする。

また失敗だ。

翡翠には、これに舌先だけで結び目を作る練習をするように言われているのだ。これが出来るようになると、客との口吸いが上手く出来るようになるのだそうだ。口吸いだけでなく、客を喜ばせるもっと色んなことも出来るそうなのだが、翡翠は「それはまだ内緒」と言って教えてくれない。

翡翠は辛抱強く、水帆に廓の常識を教え込んでくれた。

嫌な客との床入りをさっさと終わらせる技術。客の気をひく仕草や言葉遣い。

時には禿や新造たちの勉強会に参加し、色子の教育も受けた。客あしらいはもちろん、床の中での技術も教わった。幼い禿たちより自分の知識が劣っていることに気付いて水帆は真っ赤になったものだ。

溜息をつくと、襖が遠慮がちに開いた。ぴょんと顔を覗かせたのは、まだ年端《としは》もいかない禿だった。お仕着せの桜色の着物を着ている。まだ色子仕えはせず、廓内の雑用をしているのだ。黙ったまま、水帆に水色の薄紙で包まれた荷物を差し出す。

「ありがとう」

中を見ると、可愛らしい雛菓子だった。花や人形を象《かたど》った色とりどりの砂糖菓子が、籠にたんと盛られている。文を見ると、一佳の名前が書いてある。一佳からの贈り物だ。

一佳からの贈り物は毎日途絶えることはなかった。衣装が一通り揃った後は、菓子や花が毎日贈られてくる。嫌がらせ、と一佳は言ったけれど、それらは閉塞《へいそく》的な場所で生きる水帆には大きな楽しみになっていた。

禿が羨《うらや》ましそうに水帆の手元を覗き込んでいる。色子と違い、まだ自分では花代を稼がない禿は、おやつ一つ、自力で買うことは出来ない。水帆もそれほど立場が違うわけではないが、お菓子のおすそ分けくらいは出来る。

「食べる？」

水帆は顔を覗き込んで尋ねてみた。禿は目を見開いて、しばらく菓子と水帆を見比べていたが、どうしてか、怯えたように数歩退いてしまう。

「しかられる」

「え？」

「かぞくさまと、口をきくなって」

水帆はぎくりとした。

「ぼつらくかぞくのお姫さまと口をきいたら、やくびょう神がうつるって」

「あ、待って」

禿は踵を返し、大急ぎで逃げて行ってしまった。水帆はしょんぼりと肩を落とす。

この廓での生活が始まっても、水帆にはあまり友達が出来なかった。

それどころか、色子たちと席を共にする食堂では冷ややかな視線を向けられ、「没落華族」と聞こえよがしに陰口を叩かれる。擦れ違いざまに足をかけられたこともある。

理由は水帆なりに理解しているつもりだ。花街には、経済的に貧窮した家庭の子供が多く売られて来るという。貧しい平民出身で、教育も与えられず、食うや食わずの幼いまま花街に来て、色子となった者もいるだろう。しかし水帆は、この歳まで廓や花街、という言葉さえ知らずに生きてきた。

特権階級で、世の中の苦界《くがい》など一切知らずに生きてきた。身分を失ったから、今更仲良くしてもらいたいというのは、あまりにむしがよ過ぎるのだろう。

それが分かっているから、翡翠にも、友達が出来ないなどと相談しないことに決めていた。

水帆が頑張って廓に馴染めば、他の色子も水帆を受け入れてくれるかもしれない。

水帆は雛菓子を一つ、齧《かじ》った。

贈り物だけでなく、一佳はほとんど毎日のように、櫻花廓にやって来た。

特に何を話すでもない。二人で、豪華な料理が盛られた膳を囲み、水帆は一佳に酌をする。

それから褥に連れ込まれる。そうして、どんなに抵抗しても、一佳は水帆が泣きじゃくり、気絶するまで抱いていく。

大きなあの手で、毎晩ずっと体中に触れられるせいだろうか。それとも、一佳が毎日菓子や滋養のある肉や海産物をたっぷり食べさせてくれるからだろうか。

櫻花廓に来たばかりの頃はがりがりに痩せていた上、立て続けの折檻で打たれた痣をあちこちに作っていた水帆の素肌は、少しずつ、健康的な瑞々《みずみず》しさを帯びてくるようになった。

痩せこけていた頬の線がふっくらと柔らかくなり、髪や爪も健康的な艶を帯び始めた。髪に飾る日ごとの花や、一佳が贈ってくれた打掛けに色負けてしまうこともないと、翡翠も褒めてくれる。

翡翠が教えてくれる色子作法は逐一帳面に書き記して、時間がある時に何度も復習している。そんな努力のせいか、時折、廓で擦れ違う楼主や遣り手たちの水帆を見る目が、変わってきているのも、少しだけ感じる。見世に出た時に、水帆に目を留める客の数も格段に増えている。

それでもどうしてか、水帆には一佳以外の客が付くことがなかった。

どんなに頑張っても根本的な容姿や雰囲気は変えようがなく、もう一つ客の心を引くに届かないからだろうか。

水帆は張り見世で、毎日毎日、一佳が来るまで緋毛氈の上で小さくなっていた。

このままでは見世への借金もろくに返せない。馴染みがたくさん付かなければ、立派な色子になるなんて到底無理だし、一佳には顔を合わせる度に「お茶挽き」とからかわれるのも、ちょっとだけ悔しい。

だけど、客が付かなければ、一佳以外の誰かと褥を共にすることもない。

色子失格と思いながら、内心そのことに安堵していたのだが、ある冬晴れの暮れ六つ（午後六時）。

水帆はとうとう、朝倉という客に座敷に呼ばれた。


「初めまして。朝倉智明《あさくらともあき》です」

どこかで聞いた名前だと思ったけれど、緊張していた水帆《みずほ》には、すぐにそれを思い出すことは出来なかった。

水帆の二人目の客は、一佳《いちか》とほぼ同い年であろう若い男だった。仕立てのいい英国風の三《み》つ揃《ぞろ》えスーツを着ている。襟《えり》の形が洒落《しゃれ》ていて、いかにも伊達者《だてもの》らしい遊び慣れた雰囲気を纏《まと》っている。

大見世《おおみせ》の色子《いろこ》は、客との一度の顔合わせで褥を共にすることはない。まず最初の登楼《とうろう》が「初会」、二度目が「裏」と呼ばれ、ここまでは禿《かむろ》や新造《しんぞう》たちを交えた座敷で酒を飲み交わすだけだ。それから三度目の登楼で、やっと「馴染《なじ》み」になり、客と褥に入る。売れっ妓《こ》の場合は、客が気に入らなければ「馴染み」になることを拒否することも出来る。

花街《はなまち》には、気が遠くなるほど様々な決まり事がある。それを面倒だとか、金がかかると眉《まゆ》を顰《ひそ》める輩《やから》は野暮な半可客《はんかきゃく》と呼ばれて、櫻花廓《おうかろう》のような高級遊廓ではたいそう嫌われる。

今すぐ、この男と床入りすることはないと分かっていても、水帆はどうしようもなく緊張と恐怖を感じた。

「お初にお目にかかります。あ、揚羽《あげは》と申します。この度《たび》は、お座敷に呼んでいただき誠にありがとうございます。慎みまして深く御礼を……」

「そう畏《かしこ》まらずに。さあ、こっちにおいで」

自分の隣の座布団をぽんぽんと叩《たた》いた。こんなに若いのに、廓遊《くるわあそ》びには慣れているらしい。盃《さかずき》を傾けながら明るくにこにこと笑っていて、何だか人懐《ひとなつ》っこい人ではあるけれど。

水帆は周囲を見回して、何となく不審に思った。翡翠《ひすい》の教育もあって水帆にも少しずつ、廓の常識が身につきつつあった。

「初会」の座敷なら、たいてい几帳《きちょう》の前に、禿が二人か三人、控えているはずなのだ。もちろん、客が色子におかしな手出しをしないか見張るためだ。そうでなくとも、水帆の周囲には翡翠があれこれ気を配ってくれている。客あしらいに慣れない水帆の座敷に翡翠が同席してくれていないのはどうにも奇妙で、心許《こころもと》なかった。

戸惑いながらも、水帆が座布団に座ると、朝倉は機嫌よく水帆の横顔を眺めている。たいそうな美男子で、陽光の中にいるような、明るい瞳をしている。

「揚羽、か。いい名前だ。君の可憐《かれん》な顔立ちにもよく似合ってる」

一佳につけられた名前を褒《ほ》められる。少し複雑な気持ちだった。

「水揚げは、つい先日だって？」

「は、……はい」

「どんな塩梅《あんばい》だった？」

「は……？」

水帆は徳利を持ったまま首を傾《かし》げた。

「客をとって、床入りしたろう？　どんな具合だったか聞かせてもらいたいんだけどな」

にこにこと、何の屈託もない様子で際どい質問を繰り返す。水帆は困惑してしまった。

つまり、一佳との初めての夜のことを話せと言うのだろうか。そんなこと、あまり思い出して言葉にしたくない。

そういえば翡翠が言っていた。客の中にはたいそう性質《たち》の悪い者もいるそうだ。色子に惚《ほ》れ込んで無理心中を図ったり、嗜虐《しぎゃく》趣味があったり、そう酷《ひど》くなくとも、いやらしい質問責めをして、色子をいじめたがる客もいるらしい。朝倉はこんなに爽《さわ》やかそうに見えるのに、その手合いの客なんだろうか。

水帆がよほど困惑顔をしていたせいか、朝倉はおかしそうに破顔した。

「ごめんごめん、これじゃあ色話を聞きたがる野暮天だな。実はね、俺は君を水揚げした速《はや》水《み》とは旧知の仲なんだ」

水帆は弾《はじ》かれたように顔を上げた。

「……速水様と？」

「うん。慶應《けいおう》の高等部にいた頃からの付き合いだ。つい先日も、あいつが大陸から帰って来た祝宴で酒を酌《く》み交わしたところだ」

高等部からの付き合い。つまり、雨宮《あまみや》家を出奔してからの一佳を知っているということだ。

「性格はまったく正反対だったが、あいつとはやけに馬が合ってね。学生の頃は花街でさんざ遊び回ったもんさ。何しろ俺は祖父や父に連れられて十二の頃からこの街で遊んでるから、先輩面《づら》して奴《やつ》をあちこちの廓に引っ張り回した」

水帆はいつになく、胸が逸《はや》るのを感じた。一佳は何度見世に来ても、雨宮家を出た後のことは何も話してくれない。いいや、まともな会話すらほとんどない。床入りすれば、泣きながらも感じてしまう水帆をからかって、意地悪を言うくらいがせいぜいだ。

だから水帆は、一佳が七年間、どんな風にして生活していたのか、未《いま》だに知らないのだ。

そして目の前にいる朝倉はそれを知っているという。

聞きたいと思った。一佳の話なら、どんなことでも。

「ところで、君のお父上の雨宮伯爵のことは残念だったね」

唐突に言われ、水帆は咄嗟《とっさ》に目を伏せた。そうだ、朝倉智明、という名前に聞き覚えがあるのは当然だった。

朝倉侯爵と言えば、たいへんな社交家として有名だ。学生の身分の水帆はまだ社交界に出入りしていなかったので、朝倉とも顔を合わせたことはないが、伯爵家が破産し、跡取りが花街に売られたことは、社交界でもさぞかし話題になったことだろう。

「俺には他に兄弟がありません。父の不始末を引き受けるのは子として当然です」

「親の因果が子に報い、か。健気《けなげ》だなあ。俺なら一番に逃げ出すけど」

「逃げ出すなんて出来ません。俺は一度でも華族であった人間です。華族は特権階級と言われています。その恩恵に与った覚えがあるのなら、義務も果たさなければ。卑怯者《ひきょうもの》と呼ばれるくらいなら、愚かだと思われる方がずっといいです」

他の色子に冷たくされても、あれが没落華族の末裔《まつえい》だと嘲笑《ちょうしょう》されてもそれを受け入れようと思う。

逃げ出して卑怯者だと、一佳にだけは、思われたくない。

「ふうん……」

朝倉は興味深そうに、水帆の表情を窺っている。

水帆は大人の朝倉の前でずいぶん生意気を言っただろうかと、途端に恥ずかしくなった。

「朝倉様、もしもご存知でしたら教えていただけますか？　うちの屋敷……」

一抹の痛みを堪《こら》え、水帆は言葉を正した。

「いいえ、元雨宮伯爵邸は、今はどうなっているんでしょうか。どなたか、お住まいになられてるんでしょうか」

「立派なお屋敷だ。確か、どこかの富豪が買い取って、今は改修作業が進められていたと思うよ」

「……そうですか」

朝倉の淡々とした返答が、今の水帆には有《あ》り難《がた》かった。彼の口調に、落ちぶれた元同胞への同情が滲《にじ》んでいたら、水帆はいっそう居《い》た堪《たま》れない気持ちになっていただろう。

「屋敷が取り壊されていなくてよかったです。もう二度と帰ることはないと分かっていても、長年住んだ場所なので」

「速水は君が暮らしていたその家で、家庭教師をしていたらしいね」

一佳とはずいぶん親しいのだろう。速水家に養子に入った顚末《てんまつ》をすべて知っているらしい。一佳が久々に会えた教え子と久闊《きゅうかつ》を叙《じょ》しているわけではないことも、もちろん承知なのだろう。

「立場が逆転した華族と平民では有り得ない話じゃない。使用人時代に蔑《ないがし》ろにされた復讐《ふくしゅう》として、夜な夜な昔の主《あるじ》を虐《しいた》げる。だけど、君の方は、あれが初恋の君だったりするのかい？」

水帆は呆気《あっけ》なく真っ赤になってしまった。

翡翠にも片思いを看破されてしまったが、さっき一佳の名前を出した時の水帆の反応で、朝倉にもおおよその見当はついていたらしい。言動や雰囲気より、ずっと聡《さと》い人であるのが分かった。正解を引き当てた朝倉は、形のいい唇に、笑みを描いた。

「やめておけよ。あれはとんでもない非道な男だ。まったく冷酷非情。俺はあんな冷血人間を他に知らないよ」

「そんなことはありません」

水帆は咄嗟に言い返していた。

昔は、一佳はとても優しかった。心の奥で、水帆を嫌っていたのかもしれないけれど、笑顔がとても穏やかで、他の使用人たちにも好かれていた。

「速水様には、優しいところもおありになります。もう昔のことだけど、…それは俺も知っていることです」

「でも、君は今の速水のことはまるで知らない」

「それは……」

「今の速水のことが知りたいか？」

水帆はおずおずと頷《うなず》いた。

「それじゃあまず、もう少し親しくならないか。ここに座って肴《さかな》でも摘《つま》みなさい」

朝倉が強引に手首を引いてくる。ここ、と指を差したのは、なんと胡座《あぐら》をかいた朝倉の膝《ひざ》の上だ。水帆は慌ててかぶりを振った。

「いけません、放して下さい。『初会』でお客様に触れることは、見世から固く禁止されています。この街での慣《なら》わしだそうです。放して下さらなければ…人を呼びます」

「これは可愛《かわい》い顔をして存外に、気が強い」

朝倉はにやりと笑った。裕福な大華族という身分で、この端整な容姿だ。色子の扱いなどお手の物で、図々《ずうずう》しいほどに遠慮がない。

「だけど心配はいらない。君に触れたことがばれないよう、ちゃんとするよ。むしろ、この『初会』がばれて困るのは俺なんだ」

なんと朝倉は、櫻花廓にちゃんとした敵娼《あいかた》がいるのだというのだ。この櫻花廓で一番の売れっ妓の白牡丹《しろぼたん》だ。

いったん決まった敵娼以外の色子に手を出すのは、客側の最悪のご法度《はっと》。下手《へた》をすれば、もう二度とこの見世に登楼することは許されなくなる。しかし朝倉は、廓の帳場に金を流して楼主に話をつけ、翡翠や白牡丹にばれないよう、秘密裏に水帆と「初会」を持ったのだ。

親友である速水一佳が毎日のように買っている色子が、それほど彼の興味をひいたのだろう。水帆は心底困惑したが、誘惑には抗《あらが》えなかった。水帆は、一佳の七年間が、どうしても知りたくて仕方がない。結局、水帆は胡座をかく朝倉の膝にそっと乗ったのだった。

「いいね。水揚げを終えた後で、何とも初々《ういうい》しい匂《にお》いがする」

満足そうに言って、小さくなっている水帆の背中を撫《な》でている。

「あ、あの……、速水様のことを……」

「そうそう、速水のことだっけ。酷い復讐を受けてるのに、それでも初恋の君のことが知りたいなんて、一途《いちず》で健気で可愛いことだね」

「あっ」

朝倉の手が、大胆にも水帆の胸元にもぐりこんできたのだ。水帆は足を跳ね上げ、着物越しに朝倉の手首を摑《つか》む。

「な、何をなさるんですかっ」

「まあまあ。俺もあいつとは長くの親友同士でね。その秘密を話すご褒美《ほうび》を、少々いただきたい所存だ」

朝倉の意味深な視線で、「ご褒美」の意味がすぐに分かる。

水揚げが済んだばかりの体を弄《いじ》らせてみろといっているのだ。

「困ります。こんな、こんな……っ」

足を畳に突っ張って立ち上がろうとする水帆を朝倉は軽々と押さえつけ、片手で盃をぐいと空《あ》ける。そうして、一佳の昔話を始めた。

「大学生時代の奴はもてにもてたね。何しろあの清廉潔白な美貌《びぼう》に品格のある物腰。ちょっと物憂げな貴公子然としてるけど、あいつはあのなりでとんでもなく手練《てだ》れときてる」

「ん…………っ」

話をしながらその手は、水帆の乳首を、甘だるく、刺激し続けている。

そこは、一佳に買われる時も、ずっと責められて泣かされる。とても過敏で、少し突《つつ》かれただけでも硬く尖《とが》り、水帆を切ない気持ちにさせる。

「付き合った女は素人玄人《しろうとくろうと》含め、いったい何人いたんだか。ところが帝大生だった頃、通学路で毎日擦《す》れ違うどこぞの令嬢が、あいつへの思いを密《ひそ》かに募らせて、小指を切って血文字の恋文を贈る事件があってね。以来、奴は女を面倒がって一晩限りの玄人としか遊ばないようになったってわけだ」

「……もう、駄目です、もう…っ」

前屈《まえかが》みになって、必死になって朝倉の手を留《とど》めようとする。すると、今度は裾《すそ》の方から逆の手が侵入し、水帆の滑らかな膝を撫でてくる。

「やだっ」

「速水は、養親であるご両親から大変な期待をかけられてるよ。速水氏は完全な実力主義者だ。本当の親子ではないけれど、仕事で強く結びついた良好な関係を築いている。速水は友人である俺の目から見ても、実に有能な男だ。いずれ速水財閥を率いるに相応《ふさわ》しい傑物になるだろうね」

左手で襦袢《じゅばん》越しに水帆の足を撫でながら、右手でゆったりと盃を呷《あお》る。一佳を手練れだと言うが、朝倉も相当に遊び慣れているのが分かる。

「しかし、その一方で、奴は人を人とも思わない、冷酷非道な悪魔――とも呼ばれている」

不吉な言葉に、水帆は胸騒ぎを覚える。

「悪魔？　どうして、速水様がそんな…」

「奴が先の戦争の間、仕事で大陸にいたことは知ってるだろう？　企業が危険な戦場に乗り出してやることなんて一つに決まってる。『死神』『黒い商人』。君はまだ、こんな言葉は知らないかな」

いいや、水帆も外の世界にいた頃に、新聞で何度となくその言葉を目にしたことがある。

「黒い商人」。つまり武器商人だ。戦火に乗じて財を得る。だから「死神」とも呼ばれる。

「他の財閥と同様、速水財閥は表向きは大戦とは無縁を装っているし、あいつもあちらでの活動は一切話そうとしないけどね。あちらでは暗殺めいた事件にも巻き込まれて大怪我《おおけが》を負ったようだ」

「信じられません、速水様が、そんなことを……」

武器を商品として戦場に流す。そんなこと、あの優しかった一佳が出来るはずがない。けれど、水帆は一佳の体に残っていた傷跡を見たことを思い出した。子供の頃にはなかったはずなのにと不審に思った傷。

朝倉の話によると、去年の春頃の事件だという。一佳が乗っていた車に爆薬が仕掛けられていて、危うく命を落とす大怪我を負ったのだそうだ。あの傷は、その時のものなのだろう。

「将来性を見込まれて引き取られたとはいっても、養親である速水氏を落胆させるようなことがあれば容赦なく切り落とされる。あいつは血を吐く思いで苦労したんだと思うよ。『死神』の汚名を負うことなんて、今更厭《いと》うもんか」

いじめられていた乳首が、きゅっと摘み上げられる。

「あ……、やぁ………――」

体を捩《よじ》った途端に、とうとう片肌が脱がされた。腰紐《こしひも》はいつの間にか解かれ、裾もまくれ上がってしまっている。胸元を合わせながら逃げようとしたが、弾みで四つん這《ば》いで畳に膝

をつく格好になった。着物の裾を大きくまくり上げられてしまう。

下着を着けていない下肢が、背後の朝倉から丸見えになった。朝倉が眩《まぶ》しげに目を細める。

「ああ…っ」

「これはこれは……目映《まばゆ》いばかりの白さだ」

「いけません、お願いです。どうか、どうか放して下さい……っ」

「しい。人が来る。大きな声は出さないように」

尻《しり》が彼の手のひらにしっかりと鷲掴《わしづか》みされ、水帆は息を飲む。朝倉は満足そうに何度も頷く。

「手触りが素晴らしいね。熟れる前のすももの感触だ」

「や……、いや……っ」

揉《も》み込まれるように肉を上下させられ、羞恥《しゅうち》のあまりに畳に爪《つめ》を立てたが、とうとう柔肉が左右に押し開かれてしまう。朝倉は「そこ」を注視し、心底感心したように、ほう、と溜息《ためいき》をついた。

「これは素晴らしい。何て清楚《せいそ》で可愛らしいんだ。速水が毎日のように登楼するだけのことはあるな」

いつも一佳を受け入れている蕾《つぼみ》。そこを注視されているのを、痛いくらいに感じる。

「ここを？　速水には毎日どんな風に弄られるんだい？」

「お願いです……、お願いです、これ以上のことは、もう」

「速水の話を、もっと聞きたくないか？」

何て酷い人だろう。一佳の名前を出されたら、水帆はもうなすがままになってしまう。

「あ……っ」

水帆の窄《すぼ》まりが、不意にひんやりと冷えた。朝倉は、盃から酒をすくった指で、水帆の蕾を撫で上げている。蕾から、酒を飲ませているのだ。

「そんな……あ、あん……、あ………っ」

「大丈夫、指は入れないよ。まだ馴染みでもないのに色子を味わう野暮はしないさ。ただこうして表面に酒を吸わせて色づく様《さま》が見たい。このまま大人《おとな》しくしていてくれたら、もう一つ、速水の秘密を教えてあげてもいいんだけどな」

水帆は肩で上半身を支え、両手のひらで尻を覆う。半泣きになりながら、朝倉に哀願した。

「も、もうこれ以上はお許し下さい。もうこれ以上のことをしたら、見世に叱《しか》られてしまうし………は、は、恥ずかしいです」

「そうか。じゃあやっぱり秘密にしておこう。そうだね、大の男がぺらぺらと知人のことを話すのもみっともないね。親友の速水に怨《うら》まれるのもつらい」

そうやって突き放されると、水帆はすぐに後悔に囚《とら》われる。

せっかく、一佳の昔を知ることが出来る機会なのだ。ちょっと我慢していれば、気のよさそうな朝倉は、色んなことを水帆に教えてくれるだろう。

「…………」

「そう深く考えることはない。少し触るだけだよ。二人だけの秘密だ」

揺さぶられ、突き放され、上手《うま》く共犯者の立場に落とされる。

尻を隠していた手のひらを、自ら退《ど》けた。いい子だ、とあやしながら、朝倉は何度も何度も、水帆の蕾に酒を塗りつける。蕾の薄い粘膜からも、酒は摂取されてしまうものらしい。

何だか体が熱くなり、頭がぼんやりとし始めている。

「だんだん綻《ほころ》んできた。そうだな、今は八分咲きの桜の蕾みたいだ」

「ああっ……！」

酒に塗《まみ》れた指の腹が、水帆の蕾を叩き、丸く愛撫《あいぶ》する。

約束通り、朝倉は水帆の中に指を入れたりはしなかった。ただ、何度も何度もとろみのある酒を指に絡め、食い込むか食い込まないくらいの塩梅で、焦《じ》らすようにずっと、なぞり続けている。

そうして言葉で責め、辱める。一方的に相手を嬲《なぶ》り、感じさせる。その様子を眺めて楽しむ。それが、花街での粋《いき》な遊びだという。

「……やぁっ、あっ、……あ……！」

「しい。そんなに声を出したら人が来てしまうよ」

水帆の紅潮しつつある頬《ほお》を眺め、朝倉がそっと耳打ちする。なんて理不尽なんだろう。悪戯《いたずら》をしているのは朝倉のはずなのに。窘《たしな》められているのは、水帆の方なのだ。

「君の健気さに敬意を示して、いいことを教えよう。君の支度を手伝っている翡翠――この見世にいた時、花扇《はなおうぎ》という源氏名《げんじな》だったが――翡翠は、速水の敵娼だったんだ」

水帆の呼吸がひく、と止まった。

「祖父《じい》さんの代から朝倉家《うち》の馴染みだったこの見世を紹介したのは俺だけど、速水は翡翠を一目見るなり気に入ってね。あいつは自分は無口なのに意外と、ああいう気さくな口達者が好みらしい。翡翠が傍《そば》にいる時だけは表情を和《やわ》らげて、そう――宴《うたげ》の間では、確かこうして、よく髪に触れていたな。まるで恋人にでもするみたいにね」

朝倉の長い指が、水帆の薄茶色い髪を梳《す》いた。蕾に触れられ、体中を過敏にしていた水帆は、髪に触れられただけで甘い吐息を漏らしてしまいそうになる。

「翡翠が大富豪に身請けをされて色子業を仕舞った時に、二人の関係はすっかり切れたようだけど、昔馴染みの間柄で、俺を入れた三人で、時々気楽に酒を飲むこともある。だけど、元々敵娼同士だった二人だ。他愛ない会話をしている時にも、並んで座っていると不思議な色気がある」

水帆は、翡翠の艶《あで》やかに整った美貌を思い出していた。

廓内の規律に厳しい翡翠が、どうして水帆だけは特別扱いしてくれるのか。

一佳が三日の居続けをした後、水帆の名代《みょうだい》として大門《おおもん》に見送りに行った翡翠。親しそうに速水、と呼び捨てにし、多少強い言葉をぶつけても、一佳はそう不愉快そうでもない。

「そもそも、身請けをされた後も廓に戻って来る物好きな色子や女郎《じょろう》なんて聞いたこともない。翡翠は暇だからなんて言ってるけど、本当は惚れた男に会いたくて櫻花廓に残ってるんじゃないかと、俺は睨《にら》んでる」

その相手が、一佳だと言うのだろうか。

酒がひたひたと蕾を濡《ぬ》らし、一佳に快楽を教え込まれた水帆の腰は、やがて拙《つたな》く揺れ始めた。誘惑されるように、性器も熱を帯びる。

朝倉はわざとらしく、水帆の下肢を覗《のぞ》き込む。そこから、酒とは違う透明な雫《しずく》が零《こぼ》れ落ちている。

「おやおや、悪い子だ。恥ずかしがってるくせに、本当はこんなに感じてるのか」

「ごめんなさ………っ」

「速水につらい目に遭わされるのが嫌なら、一度翡翠に頼んでみるといい。もしかしたら君への怒りを解くよう、速水を執り成してくれるかもしれないよ」

水帆が泣いても気絶しても、解放されない復讐なのに、翡翠がもしも許してやれと言ったら、呆気なく許されるかもしれない。

それは永久に復讐を続けられるよりも、つらく悲しいことに思えた。

「つらいと思う必要はない。初恋は実らないものだというよ」

酒の雫がまた、水帆の蕾に浸された。

湯浴《ゆあ》みを終え、脱衣所で緋色《ひいろ》の襦袢に着替える。

広い湯船の傍には、粗塩や糠袋《ぬかぶくろ》が置いてある。それらで肘《ひじ》や踵《かかと》をきちんと擦り、風呂上りにはへちま水で肌の手入れをする。

男の自分がこんな細やかなことをするなんてと最初は気恥ずかしかったし、一佳は水帆の肌の手触りなんか少しも気に留めていないかもしれないが、それでもどうせだったら、ざらざらの肌だと思われるよりも、ちょっとだけ綺麗《きれい》だと思われる方がずっといい。

へちま水をごしごしと肘と膝に塗りつけてから、水帆は脱衣所にある丸い姿見の中の自分を見つめる。肩につくかつかないか程度の長さの髪を、一まとめにして無理やり持ち上げてみる。

しかし、翡翠のように簪《かんざし》を挿すにはまだまだ長さがたりない。ぱらぱらと後ろ髪が落ちるのを見て溜息をつく。

それから、自分の行いに気づいて真っ赤になった。何を馬鹿なことをしてるんだろう。これではまるで、翡翠の真似《まね》がしたいみたいだ。

翡翠に、やきもちを妬《や》いてるみたいだ。

あんな綺麗な人に、水帆が敵《かな》うわけなんてないのに。

朝倉との秘密の「初会」から、三日が経《た》っていた。翡翠が一佳の敵娼であったことを知って三日。

秘密裏と言っても廓内での出来事だ。

すぐに翡翠にも知れたようで、朝倉のことを「やんちゃくれの阿呆坊《あほぼん》」と激怒していた。大雑把《おおざっぱ》なようで、翡翠は廓の規律にはたいそう厳しい。

朝倉の暴挙から水帆を守れなかったことを翡翠は重ねて謝罪してくれた。

だが、水帆がここ三日悄然《しょうぜん》としているのは、不意打ちの形で「初会」を持たされたからではなかった。

翡翠が、一佳の敵娼だった。

最初こそおっかなかったけれど、明るくて気さくな彼が水帆はとても好きではあるけれど。

それでも翡翠が身請けされるまで、一佳の敵娼だったということが、水帆には酷く堪《こた》えていたのだ。

そもそも、翡翠が水帆の世話を焼いてくれたのは、翡翠が昔、一佳の敵娼だったからに違いなかった。それくらい二人は親密な仲だったということだ。

馬鹿馬鹿しいことだと思っても、どうしても水帆は一つのことを考えてしまう。

一佳は、どんな風に翡翠に触ったんだろう。

水帆にするみたいに綺麗な人に、意地悪なことは絶対にしなかっただろう。合意の上で、一佳に優しく触れられた翡翠のことを思うと、どうしても平静ではいられなくなる。

暗い気持ちで自分の部屋に戻る。階段を上っている最中、水帆の自室の入口の周りに数人の色子や禿《かむろ》が集まっているのに気付いた。彼らは水帆の姿を見つけるなり、そそくさと散らばる。一人と擦れ違い様、どん、と肩を突き飛ばされた。

「くさいくさい。さっさと片付けろよな」

何事かと思いきや、水帆の部屋の前に、食堂の残飯がぶちまけられていた。

その異臭は耐え難いもので、水帆はしばらく汚物の前で立ち尽くしていた。

朝倉との秘密の「初会」があった翌日辺りからだろうか。水帆に対する激しい嫌がらせが始まった。

もともと親しく口をきく友達もおらず、孤立した立場ではあったが、階段で足をかけられたり、こうして自室の入口にゴミをまかれたりと、徐々に悪質なものになっている。

懐紙《かいし》とちりとりを使い、慣れない手付きでゴミを片付けていると、禿と新造たちを連れた白牡丹が渡り廊下を抜け、こちらに近付いて来た。禿の一人が声を上げる。

「わあ、すごい臭《にお》い。揚羽さんたら、これはいったいどうしたんですか？」

弱冠十八歳ながら大見世・櫻花廓のお職《しょく》を張る白牡丹はいつ見ても背筋を伸ばし、毅然《きぜん》としている。色子には珍しく、黒髪は肩の辺りで潔く切られており、人形のような端整な顔立ちをしている。

売れっ妓の色子はその言葉の欠片《かけら》さえ金に代わると言われる。そのためか、白牡丹は普段からも簡単には口をきかない。白牡丹は水帆を一瞥《いちべつ》しただけで、奥にある自分の本部屋へと帰って行く。水帆を囃《はや》し立てているのは専《もっぱ》ら後ろに引き連れた禿たちだ。

お職付きの禿だけあって、皆、器量よしで気も強い。

「でも、揚羽さんはさすがに元華族様。やはり庶民とは違って、ゴミを片付けてるその格好も様になっていますよ」

「色子じゃああんまり売れてないみたいだから、この見世の掃除係にでもなればいいのに」

禿たちはくすす、と笑い合って、白牡丹の後ろを追い掛けて行った。

ぽつんと取り残されて、水帆は自分の足元を見遣《みや》った。

水帆はこの廓内で、ずいぶん嫌われてしまったらしい。

元華族という立場も大きな原因だろうし、何より白牡丹の敵娼である朝倉と「初会」を持ったことが、色子の間にも知れ渡っているからに違いなかった。水帆の意思ではなかったとはいえ、お職の客を取るとは生意気、と敵視されているのだ。

もう一つ、色子たちを指導し、憧《あこが》れを一身に集める翡翠が特別に水帆の世話を焼いていた、それも気に食わないのだろう。

思えば、翡翠が水帆に構うということは、それほど不自然だったのだ。

汚物の片づけを終え、ようやく自室に入り、襖《ふすま》を閉める。その場にしゃがみ込みそうになった。行李《こうり》の上に置いた鏡に、水で溶いた灰で「ボツラク華族ハ　ゴミ家族」と書かれている。

拙い文字にいっそう明瞭な悪意を感じて、ぞっと産毛《うぶげ》が逆立った。一刻も早くその悪意を消し去ろうと、ごしごしと手拭いで鏡を擦《こす》りながら、溢《あふ》れそうになる涙を堪えた。

もうじき、見世の支度のために、翡翠がやって来る。いじめられていることを翡翠に知られたくない。翡翠に知られたら、多分一佳にも話が伝わる。

同じ年頃の少年たちと上手く立ち回れない愚かな奴だと、一佳に思われたくない。

あとでまた、赤い糸を使った口吸いの練習をしよう。もっと努力をしよう。ちゃんと売れっ妓になるのだ。そうやって、自分の居場所は自分で作るのだ。

そう思うのに、手にしていた手拭いがぽたりと畳に落ちる。

「……ひ、ぅ……っく……」

もう誰も信じられない。強い疎外感に、一佳は小さな啜《すす》り泣きを零した。

櫻花廓はその日、朝から大騒ぎだった。

朝倉侯爵の三男坊がこの櫻花廓で宴会を開くというのだ。

花街の西方にある有名な芸妓衆《げいぎしゅう》を茶屋から呼び、それはそれは盛大なものにしたいという。

宴会の準備をする廓の雰囲気はたいそう賑《にぎ》やかなものだったが、水帆には関係ないことだと思った。今日もいつも通り張り見世に出て、一佳が来たら、褥で抱かれる。それだけのことだ。

「揚羽」

ぼんやりと廊下を歩いていると、翡翠に呼び止められた。

「朝倉智明が、今日この廓で宴会を持つっていう話は聞いてるよな？　朝倉からの文には、お前をその座敷に出して欲しいと書いてある。お前と酒を酌み交わしたいそうだ」

「俺と……？」

「『初会』でお前のことがずいぶん気に入ったらしい。つまり、お前と朝倉は『裏』を返すことになる」

朝倉の現在の敵娼はあくまで白牡丹なのだ。

しかし、朝倉は、法外な花代を出すことで、廓内の禁忌《きんき》を破ろうとしている。敵娼を二人作ろうというのだ。いったい、水帆の何がそんなに気に入ったというのだろう。

「……俺は別に構いません。いつまでも、速水様一人が馴染みのお客様では、いつまで経っても年季が明けないし、売れっ妓にもなれません」

それだけ言って、頭を下げて自室に戻ろうとした。しかし、その手首を翡翠に取られる。

嫉妬《しっと》という後ろ暗い気持ちがある水帆は、彼の顔を見ることが出来ない。

「お前、この前から何をそんなに怒ってる？　不満があるならきちんと話しなさい」

「な、何でもありません……」

そう言いかけたが、水帆はとうとう、本心を漏らした。

「翡翠さんが昔、速水様の敵娼だったというお話は本当ですか」

「誰が、そんなこと……」

「今も、速水様とは仲良くされてるんですよね。今は普通の友達だけど、でもすごく仲良くされてるって、朝倉様が」

翡翠は腕組みをして、苦々しげに溜息をついた。

「あいつの言うことなんか気にするなよ。朝倉は悪い奴じゃないけど、人の弱みを見つけてはからかって弄《もてあそ》びたがる悪い癖がある。特にお前みたいに、初心《うぶ》なのを突き回すのが好きなんだ」

「でも、敵娼だったのには違いないんでしょう」

「昔のことだと言ってる。朝倉や速水とは、比較的歳《とし》が近いからだ。廓の客は、年配の男が多いだろう。だから奴らとは打ち解けるのが早かったんだよ。俺がここに勤めてた時も、客と色子っていうより騒いで遊ぶ仲間みたいなものだったし、今じゃ、本当にただの友人だよ」

「だったら、どうして最初からそう言って下さらなかったんですか」

食い下がる水帆に、翡翠も真正面から応じる。

「疚《やま》しいことが何もないから言わなかったんだ。速水に片思いしてるって言ったお前に、わざわざ教えることじゃないだろう」

同情されているのだと気付いた。

分不相応な叶《かな》わない初恋を抱いて、可哀想《かわいそう》で愚かな色子だと思われているのだ。

一瞬、一佳と翡翠の二人が、水帆の片恋を笑い話にして酒の肴にしているのではないか、そんな被害妄想さえ生まれる。

翡翠はそんな悪趣味なことをする人ではない。こんなことを考える自分が、もう何もかもが嫌だった。水帆は踵《きびす》を返し、その場を逃げ出そうとした。

「待てよ」

翡翠に肩を摑まれる。

「いいか揚羽。この先、お前にはいくらでもつらいことが控えてる。こんなことで沈み込むな」

もっとつらいこと？　水帆は力なく、笑い出しそうになった。

一佳に嫌われていて、廓でいじめられて、いずれ幾人もの男に体を開かれる。時には見世から惨《むご》い折檻《せっかん》を受けることもあるだろう。

それよりももっともっとつらいことが起きるというのだろうか。

「俺、朝倉様の宴に出ます。いつまでもお客さんがつかないと、売れっ妓には、やっぱりなれないから。それから、着付けのことも分かってきたから見世の支度は、今日から自分でやります。今までありがとうございました」

翡翠に深々と頭を下げ、それ以上声をかけられる前に、小走りに食堂に向かう。食堂は朝倉が主催する常ならない大座敷が開かれることで話題は持ちきりだった。白牡丹はもちろん、他の売れっ妓達も滅多とない華やかな催しにずいぶん興奮している様子だった。

とても楽しそうで、座敷に招待されている水帆も話に入りたいなと思ったが、水帆が席に座った途端、場は白けたように静まり返る。

すっかり元気をなくして、一人でしおしおと食事を取る。

水帆の食事は、白牡丹や売れっ妓の色子たちと同じ、上等の献立だった。今のままでは抱き心地が悪い。とにかくもっと食べて太れという一佳からの無言の命令だ。だけどそれよりは今、同い年で対等に話が出来る友達が欲しいなと思った。

その時、背後であっというわざとらしい声が聞こえた。湯飲みが傍を転がる。水帆は頭から水を被《かぶ》ってびしょ濡れになっていた。湯飲みの中の水を、引っ掛けられてしまったのだ。

「すいません、揚羽さん。あまり小さいのでそこにいらっしゃると分かりませんでした」

びしょ濡れになった水帆を見下ろし、くすくす笑っているのは、白牡丹づきの禿たちだ。

「湯殿はまだ開いていますよ。もう一度行かれたらどうです？」

わざと水をかけられたのは分かったが、水帆はただ大人しく頷くしか出来ない。

立ち上がると白牡丹と目が合った。自分の禿の粗相を窘めることなく、ただ不愉快そうに目を細め、ふいと顔を背けてしまった。朝倉と「初会」を持った以上、白牡丹に嫌われるのは無理もなかった。

水帆は自室に戻り湯殿で着替える襦袢を用意した。

小さな溜息が零れる。実家でも両親にはあまり構われなかったから、寂しいのには慣れている。廓に来てからの折檻もつらかったが、無視され、いじめられるというのも相当堪えるものだ。

水帆は窓辺に置かれた籠《かご》に気付いた。

そういえば、今日も一佳から贈り物が届いていた。籠の中に紅薄紙に包まれて入っていたのは、もち手の部分に、陶器の花飾りがつけられている、高価そうな漆《うるし》の櫛《くし》だ。何とも可愛らしい細工で、よくよく見ると青い揚羽蝶《あげはちょう》が一匹、花にとまっているのに気付いた。

一佳には大した意図などないに違いないが、贈り物のお菓子などにもたまたま蝶を象《かたど》ったものがあると、水帆はとても嬉《うれ》しくなる。蝶を捕まえた古い記憶を今も共有しているようで、とても嬉しい。

嫌がらせを受けた後で、水帆にはその愛らしい櫛が殊《こと》の外《ほか》大切に思えた。

半月形の輪郭を何度も何度も撫でる。

湯から上がったら、これで髪を梳こう。さっきいじめられたことから、少しだけ気持ちが浮上した。水帆は着替えと共に、櫛を大切に大切に、湯殿に持ち込む。

さっと湯を浴びて、それから自室で支度をすれば、座敷には充分に間に合うはずだ。座敷に遅刻するなど、色子にはお仕置きを受けても仕方がないくらい大変な粗相だから少し急がなければならない。

湯殿は半分地下になっていて薄暗くはあるものの、木枠がしっかりと組まれた湯船には清潔で熱い湯がいつでもたっぷりと満たしてある。水帆はそこに浸《つ》かり、のびのびと足を伸ばした。まだ寒い季節だから、とても気持ちがいい。

「………あれ?」

湯浴みを終え、着替えをしようと脱衣籠を覗くと、中に入っているのはさっき水をかけられた襦袢だけだった。

着替えのために置いていた新しい着物がない。今日贈られてきたばかりの櫛も、もちろんなくなっている。水帆は立ち竦《すく》んだが、呆然《ぼうぜん》としている場合ではなかった。

さっきここまで持って来たことは間違いないのだ。

人を疑うのは嫌だけれど、いつもの白牡丹づきの禿たちの嫌がらせとしか考えられない。

濡れて冷えた襦袢に袖《そで》を通し、早足に湯殿を出た。悪口を言われたり、汚物をまかれたりするくらいなら我慢できるが、ものを盗《と》られるのは堪らなかった。水帆の持ち物のほとんどが、一佳が贈ってくれたものだからだ。

「着替えと櫛を、返して下さい」

水帆は、禿たちが休憩する二階の談話室に飛び込んだ。もうじき始まる宴に出る禿たちは、皆、色とりどりに盛装している。着替えを取り上げられた水帆は、濡れた襦袢を着たままの情けない格好だ。

「あれはお客様からいただいた大切なものなんです。返して下さい」

怒りよりは、懇願のつもりだった。一佳が贈ってくれた物を返してほしい。

今までやられたらやられっ放しだった水帆が、突然反撃に出たものだから、禿たちは少し驚いたらしい。花札を打っていた手を止めてしばらく顔を見合わせていたが、同時におかしそうに噴き出した。

「何のことですか？　僕達は、揚羽さんの着替えや櫛のことなんて知りません」

「自分の管理不行き届きでしょう？　責任転嫁をするのはやめてもらえますか？」

怯《ひる》む水帆を意地悪く見遣って、数人が同時に立ち上がった。

「もうお座敷の時間です。そろそろ行かないと。そういえば、揚羽さんも朝倉様に呼ばれているんでしょう。用意しないと遅刻したらお仕置きを受けますよ」

立ち竦む水帆に蔑笑《べっしょう》を投げかけ、仔猫《こねこ》のように首を傾げる。

「どうしても気になるなら、裏口のゴミ捨て場でも漁《あさ》ってきたらどうです？　揚羽さんこの前のお掃除も上手だったし、ゴミを扱うのはお得意でしょう？」

ゴミ捨て場？　水帆は呆然としてしまった。着物や櫛。水帆は女の子ではないから、その美しさを愛《め》でているわけではない。

だけど、あれは一佳からの贈り物なのに。ゴミと一緒に扱われるなんてあんまりだ。けれど抗議している暇はなかった。ゴミと一緒に捨てられて燃やされてしまったら、もう取り返しがつかない。

水帆は唇を嚙《か》み、大急ぎで踵を返した。

「――何ごとだ？」

翡翠の凜《りん》とした声だった。その背後に、恐ろしい顔をした遣り手が数人立っている。

「揚羽。どこに行くつもりだ？　座敷に呼ばれてるっていうのに、こんな時間までなんて格好してる？」

水帆の傍《かたわ》らで、さっきの二人の禿が目配せをし合う。

「揚羽さんは、また足抜けをしようとしたんですよ。今日は朝倉様の宴会の準備で廓の中は慌《あわただ》しかったでしょう。いい機会だから今から足抜けするって。僕達はそれをお留めしていたんです」

「それに揚羽さんは華族のお姫様だもの。せっかくの宴会とはいえ、僕達みたいな庶民出身の色子と同席するなんて我慢出来ないっておっしゃるんです」

禿たちが賢《さか》しらな口調で、そんなことを言い始めた。水帆は真っ青になった。とんでもない言いがかりだ。水帆はただ、彼らに隠された自分の持ち物を探そうとしていただけなのに。

「違う…、違います、俺は…」

「揚羽。違うなら違うってきちんと言えよ。そうじゃないとまた折檻されるぞ」

翡翠にさり気なく耳打ちされたが、水帆は唇を閉ざしてしまう。

翡翠の助言が上手く受け入れられない。一佳と彼の仲を疑って、どうしても素直になれないでいるのだ。

やがて、楼主の恐ろしくも低い声が聞こえる。

「揚羽を引っ立てろ。仕置き部屋に放り込んでおけ」

水帆は膝をつかされ、手首を縛り上げられてしまった。

また、折檻をされる。気絶するまで体中を殴られて、冷たい水を浴びせられる。

それよりも、櫛と着物を探しに行かなければ——

恐怖と混乱に目眩《めまい》がした。

「ちょっと待った。その妓をどうするつもりだ？」

一同が振り返る。いつもながらに洒落た仕立てのスーツを纏った朝倉が、大階段の傍に立っていた。廓の裏舞台であるこんな内部にまで堂々と入り込んでいる。この廓での上客だからこそ許される無遠慮だ。

「その妓は、俺の座敷に呼んである色子だろう？　何か粗相をしたのなら、そのお仕置きは、こちらで引き受けさせていただこうか」

すたすたとこちらに近付くと、縛られている水帆の体を、ひょいと小脇に抱える。

誰もが呆気に取られている中、飄々《ひょうひょう》と片手を上げた。

「今日の宴会は、実は俺の大切な友人のための祝宴でね。この子はその余興に使わせてもらうよ」

朝倉に大宴会を開く座敷へと連れて行かれた。

宴の間、水帆はずっと、開け放たれた縁側沿いの柱に手首を縛り付けられていた。背伸びをしなければならないぎりぎりの高さに両手首を括《くく》られ、軽く猿轡《さるぐつわ》を嚙まされているので、声は出せない。

　おまけに、最初のうちは目隠しまでされていた。

　朝倉のすることだから、見世の折檻のように散々殴られて水を引っ掛けられた挙句、野外に放置されるということはないだろうと思う。しかし、暖かい部屋の中、賑わいから遠く離され、一人ぽつんと立たされているのはいかにも惨めだった。

　せめて目隠しだけでも取ろうと必死に頭を振ると、手拭いがはらりと落ちる。

　そこで水帆は息を飲んだ。

　上座には、朝倉が座っている。その隣には、一佳が座っていたからだ。

　一佳は水帆のことなどまるで興味がなさそうに、朝倉と酒を飲んでいる。

　上座が二十代半ばの二人なのだから、座敷には十代半ばの売れっ妓色子と、彼らの部屋付きの禿や新造だけが出席を許された。

　色子たちはかるたや花札をして遊んでいる。一佳は華やかな遊びに交わることはなく、翡翠に酌をさせて酒を飲んでいる。普段はあけすけでさばけている翡翠だが、座敷での所作は実に美しかった。白牡丹でさえその色香は比べ物にならない。

　艶《なまめ》かしく美しい。男らしく硬質な美貌を持つ一佳の傍にいるにはあまりに相応しい。

　水帆は高々と縛られた自分の手の平をきつくきつく握り締め、涙を堪えた。

　一佳に、触らないで欲しかった。一佳にとって水帆は復讐のために買われている色子に過

パティシエの秘密推理
お召し上がりは容疑者から
似鳥 鶏
nitadori kei
画・森川聡子
警察は辞めました。
今は、パティシエです。
9月4日
発売
文庫書き下ろし
幻冬舎文庫　680円（本体価格648円）

# 常連客は県警と容疑者!?
# 喫茶 PRIERE《プリエール》へようこそ

容姿端麗、仕事は一流。でも、人付き合いの苦手な惣司智は、警察を辞めて兄の喫茶店でパティシエとして働き始めた。鋭敏な推理力をもつ彼の知恵を借りたい県警本部は秘書室の直ちゃんを送りこみ、難解な殺人事件を相談させる。華麗な解決と究極のデザートを提供する、風味豊かで、どこまでも美味しい新感覚ミステリー。

**惣司《そうじ》 季《みのる》**

仕事熱心な喫茶店主。
弟をお菓子作りに専念させるため、事件の情報収集を担当。

警察が解けない事件だから、お前をあてにしているんだ!

**惣司《そうじ》 智《さとる》**

元刑事のパティシエ。直ちゃんに振り回される兄の困った事態を見かねて、渋々犯人推理。

僕は、シャーロック・ホームズじゃない……。

**直ちゃん**

県警本部秘書室所属。
本部長の命を受け喫茶店に居座り今日も事件を相談中。

警察に戻ってもらえないっスかね?

## なぜか注文は犯人推理!

幻冬舎 〒151-0051 東京都渋谷区千駄ヶ谷4-9-7 Tel. 03-5411-6222 Fax. 03-5411-6233
幻冬舎ホームページアドレス http://www.gentosha.co.jp/

ぎないというのに、水帆はもう隠しようがなく、翡翠に嫉妬を抱いていた。

体を捩って、翡翠の動向を追う。もしも一佳と翡翠がふっと姿を消してしまったらどうなるだろう。いやだ、いやだ。そんなのは絶対に嫌だ。

そんな風に焦《あせ》ってばかりいるからか、いい加減に結んだ襦袢の帯が解《ほど》けてしまう。

幼い禿さえ綺麗に盛装しているというのに、水帆だけは、柱に手首を縛られ、半裸でいる。

惨めで悲しくて、頭の中がくらくらしそうだった。

「さあて……——」

宴が最高潮に盛り上がってきた頃、朝倉が盃を手にし、ちらりと水帆を見遣った。

「宴もたけなわだ。そろそろ余興といこうか」

水帆ははっと息を飲む。座敷中の視線が、すべてこちらに向けられていた。濡れた襦袢を羽織り、髪には花さえつけていない。水帆を座敷にいる全員が見ている。

「座敷に遅れたこの色子に、どんな仕置きをしようか。お前たちに何か良い案はあるかい？」

問われた色子や禿たちは元気よく、はい、はい、と挙手する。

「犬の真似をさせるとか」

「小猿の真似をさせるとか？」

「いいえ、折檻は竹の竿《さお》で何度も叩きのめすものと相場が決まっています」

彼らは水帆が蒼白《そうはく》になるのを眺め、相変わらずくすくすと笑いさざめいている。

朝倉が立ち上がった。そうして真っ直《まっす》ぐ、水帆に近付く。水帆は必死になって体を捩った。

猿轡を噛まされた情けない悲鳴で、こっちに来ないで、と訴えた。

「おや、意地悪をして嫌われてしまったかな」

長身の朝倉が腕を伸ばすと、柱との結び目は呆気なく解かれた。一まとめに括られた両手首はそのままに、猿轡が外される。腰紐を引かれて、宴会の中央に転がされた。

禿たちは興味津々に見ている。白牡丹から、朝倉を掠《かす》め取った揚羽。うんといじめられて、お仕置きを受けるべき揚羽。揚羽はいったい、今からどんな目に遭うんだろう？

子供っぽい無邪気な嗜虐性をはっきりと感じる。

「犬やら小猿の真似との提案が出てる。犬の真似なら、四つん這いになって三べん回って、わんが定番かな？　小猿なら、きいきい鳴きながら果物でもねだるといい」

周囲の禿たちが口元を袖で隠し顔を見合わせ笑い合っている。

「いや、です」

水帆は断固として拒絶した。一佳の前で、犬や猿の真似をさせられるくらいなら、いっそ、いつもの折檻を受ける方がずっとましだ。水帆にだって、それくらいの矜持《きょうじ》はある。

「どう思う、速水」

「俺は、犬や猿の物真似にも、拷問めいた折檻にも一切興味はない」

酒を飲みながら、一佳は本当にどうでもよさそうだ。翡翠からの酌を受け、水帆を見もしない。

「貧相な体がさらしものになってるのは、目に入るだけでも不愉快――さっさとこの座敷から追い出せばいい」

水帆は唇を噛んだ。水帆だって別に、好きでこんなに恥ずかしい真似をしているわけではない。もともとは、一佳がくれた櫛を探していてこんなことになったのだ。

朝倉は笑顔で水帆を促す。

「俺の命令に従わないと、廓にまた仕置きを受けるよ。客に逆らったときの廓の折檻はずいぶん惨いものがあると聞いているけど？」

「……それでも、出来ません」

「それなら別のお仕置きを考えようか？　確かに犬や猿の真似というのは色気に欠ける。君はもう水揚げが済んだ立派な色子だものな。どこかの仕掛け小屋から竿師《さおし》を呼んで、皆の前で君を犯してもらうのも、一興かな」

朝倉のその言葉に淫蕩《いんとう》な気配が座敷に広がった。

朝倉の肩越しに、一佳が盃を手に、真っ直ぐにこちらを見据えているのを見た気がする。その瞳が、苛立《いらだ》ちとも怒りともつかない不思議な感情に揺らめいていることに気付く。

その時、翡翠が立ち上がり大きな音を立てて両手のひらを打ち鳴らした。

「ここからは、子供が見るのは禁止。お前たちはここで退室しなさい」

色子と禿たち全員に言い渡す。彼らは不満そうに顔を見合わせている。

しかし、翡翠がダメだと言えば、ダメだ。

翡翠は色子たちの指導係のような立場にあるのだ。楼主さえ一目を置いている。禿や色子たちに逆らえるはずがなく、振り返り振り返り、仕方がなしに、大宴会場から出て行った。

白牡丹も無表情にそれに続く。

翡翠は、悪戯好きの朝倉が無茶を言い出したときにすぐに制止出来るよう、この座敷に加わっていたのだと気づいた。

残されたのは、大人が三名。それから、まだ縛られて、畳に横たわり青褪《あおざ》めている水帆だ。

朝倉は不満そうに翡翠を見遣った。

「禿や色子たちに見せてやっても構わないじゃないか。仕置きを受ける色子を縛り上げて、廓直伝の発情剤とやらを飲ませる。すっかり発情したところを、何十人もの竿師が代わる代わるに犯して、際限なく気を遣らせる」

「……………どこで聞いたんだか」

竿師とは、色子を泣き狂わせる特別な技術を持つ男のことを言うらしい。自分では色子を犯せない、老齢や病気を持つ客が、自分の身代わりを使って色子を泣かせる。客は色子が乱れる様を見て楽しむのだ。

「三日三晩もそれを続けると、もう足抜けしたり、廓の規律に逆らう気力をすっかり失《な》くしてしまうらしい。体に傷をつけるわけでもない、しかも色子にたっぷりと男の味を教え込むことが出来る。ずいぶん興味深い仕置きだと思わないか？」

水帆はぞうっとしながらその話を聞いていた。

無理やり発情させられて、その後で、幾人もの男に何度も何度も犯される。強い快感に心も体も爛《ただ》れきって、あらゆる気力が萎《な》えてしまうというのだ。

「阿呆か。それを揚羽にやろうってのか？　揚羽はまだやっと水揚げが終わったところだ。そんな過激な仕置きをさせられるわけがないだろう」

「俺は、この可愛い蝶々が泣いて感じる様子が見てみたいんだ」

こんな事態だというのに、朝倉は水帆に爽やかな笑顔を見せる。大した伊達男なのに、本当に放蕩《ほうとう》が好きなのか、こんなに下らない遊びにもすっかり夢中で、やがてぽんと手を打った。

「竿師が駄目なら、幸い、ここには手練れた大人が三人いる。順々に揚羽に気を遣らせて、一巡したらまた一巡。可愛い蕾をゆっくりと花開かせていく。揚羽が泣いて、宴会に遅刻してごめんなさい、足抜けを企《たくら》んでごめんなさい、と言うまで仕置きを続ける。それならどうだ？」

水帆は真っ青になって、ふるふるとかぶりを振る。

宴会に遅刻をしかけたのは申し訳なかったが、足抜けの件はまったくの言いがかりだ。

「速水には異論はないだろう？」

どうしてか、挑発するような口調で朝倉が一佳に尋ねる。

「俺をお前のお大尽《だいじん》遊びに巻き込むな。翡翠にも、そんな悪趣味な真似をさせる必要はない。揚羽、お前はさっさとこの座敷から出て行け」

お前が諸悪の根源だと言わんばかりの冷たい口調で、一佳は再び、そう命じた。

一佳はきっと、水帆ごときを大事な翡翠に触らせるのが嫌なのだ。

「勝手に仕切るなよ、速水。これはお前のための祝宴とは言え、俺の主座席だ。俺の要望を聞いてもらわなくちゃ困る。それとも揚羽を泣かせると、お前が不愉快になるような問題でもあるのか？」

一佳が目を眇《すが》める。二人の男の間で、一瞬小さな火花が散ったような気がする。

朝倉の目的は水帆をいじめることではなく、一佳を怒らせることなんだろうか。

いったいどうしてそんなことをするのか。

無意味なのに。水帆のことで、一佳が怒ったりするはずないのに。

「揚羽、色子は何かと物入りだろう？　お仕置きとは言わない、この遊びに乗ってくれるなら、三千だそうか」

水帆はそれでも首を横に振る。

確かに水帆の馴染みは、一佳一人きりだが、一佳は「嫌がらせ」と言ってあれこれと物を贈ってくれるから、水帆は身の回りのことで、それほど不自由はしていない。

「じゃあ五千」

「朝倉。その辺でやめておけよ。だいたい、お前はまだ揚羽の『馴染み』とは違う。揚羽に触ることは出来ないぞ」

「それならお前か速水相手に絡んでもらうよ。揚羽、六千だ。その倍を出してもいい」

翡翠が途中で窘めたが、いったん口にした自分の要求は、是が非でも通さずにいられない我儘《わがまま》っ子のような気質があるらしい。そうして、その方法は多少悪辣《あくらつ》でも厭《いと》わない。

朝倉は水帆が金で動かないと見るや、すぐに手段を変えた。

「恥ずかしがる必要ないじゃないか。俺にはもう『初会』で、見せてくれただろう？　揚羽ちゃん」

翡翠が不審そうに朝倉と水帆を見比べたものだから、どきっとした。まさか、朝倉は「初会」でのことを話してしまうつもりだろうか？

一応、朝倉と秘密の「初会」を持ったことは、翡翠には報告してあるけれど。そこで何があったかまでは、ちゃんと話していない。

一佳の過去を聞きたいがために、水帆はほんの少し、朝倉の悪戯を許してしまったのだ。

一佳以外の誰かに触られるのは本当はすごく嫌だったが、一佳の話を、もっと聞かせてもらいたかったから。一佳の話を聞くだけで、水帆はとても嬉しかったから。

けれど、そんないじましさを一佳にも、翡翠にも知られたくない。

「揚羽がどんなに可愛いか、俺は実はもう、少しだけ知ってるんだよ」

一佳が不審そうに眉を顰めた。水帆は咄嗟に叫んでいた。

「やめて！　駄目です、ダメ！　言わないで！」

朝倉が、してやったりと言わんばかりににやりと笑う。

「……お願いです。言わないで。あの時のことは何も言わないで……っ」

朝倉だけに聞こえるよう、小声で必死に哀願した。「馴染み」でもないのに、朝倉に蕾に触れさせた。一佳にはしたない奴だなどと思われたら悲しい。

朝倉に手首の拘束を解かれ、水帆は心を決めた。座敷の真ん中で、小声で几帳の前にいる翡翠を誘う。

「翡翠さん。こちらに、い、いらして、下さい………」

一佳か翡翠のどちらかなら、と翡翠を選んだ。一佳に触られたら、水帆はいつも通り、乱れてとても恥ずかしいことになってしまうのが分かっていたからだ。それに翡翠なら、こんな悪い遊びも手加減してくれると思う。

「お金、六千なら……承ります」

弱みを握られて脅されているのを隠すため、あくまで金のためにやるのだと宣言した。

自分を勢い付けるため、傍の膳《ぜん》に置かれていた色子用の徳利を摑むと、中身を丸ごと一気に空けてしまう。酒臭い息が、ふうーっと漏れた。一瞬で頬を赤くする水帆に、翡翠は呆《あき》れている。

「お前、怖いんじゃねーか。無理すんなって、ほら、解散解散。朝倉もあんまし子供をからかうなよ」

「怖くなんか、ありません！」

水帆は精一杯の勇気を奮った。今、飲んだ酒の勢いもあると思う。

翡翠に相手をしてもらえないと困る。朝倉の要望に応えられず、「初会」での出来事を一佳に明かされたら、困る。

「俺は立派な色子になるんです。これくらいのこと、何でもありません。お金をいただく以上、色子としての芸はきちんとお見せします！」

「まったく…、水揚げ客にいじめられて、すっかり性が荒くなったな。もっとも、気が弱いんじゃ色子は務まらないけど」

水帆はいきなり翡翠に飛び掛かった。彼のすらりとした体にしがみついて、がぶっと嚙み付くように口づけた。ちゅ、ちゅ、と、色子修業で翡翠に教えられた通りの接吻《せっぷん》をしてみる。

「ちゅーちゅーって、お前、ねずみかよ……。糸を使って練習させた甲斐《かい》がないなあ」

額《ひたい》を押されてぐいっと遠ざけられる。水帆は翡翠を捕まえようとじたばたと暴れた。

「褥でのお務めは、接吻から入りますっ」

「はいはい、お利巧。でも俺を誘惑するには場数が足りません」

その琥珀色《こはくいろ》の瞳に、危うい光がともった。一瞬危機感に囚われて、退きかけたが、その腰をいきなり強く抱きすくめられた。

後ろ髪を乱暴に摑まれる。様々な男を惑わせたのであろう、花の顔《かんばせ》が、すぐ間近にあった。城の主すら溺《おぼ》れさせると言われる花魁《おいらん》は、時に傾城《けいせい》と呼ばれる。櫻花廓の伝説の色子、花扇はお大尽を何人も破滅させたとして知られている。彼が、水帆に囁《ささや》きかけた。

「愚か者のお子様に、本物の口づけを、教えてやるよ」

顎《あご》を取られ、唇が斜めに重なるように、口づけられる。

「うん……、ん……っ」

いきなり、口腔《こうこう》を探りに来た。口づけというよりは、舌を搦《から》めつかせ、すぼめた唇で扱《しご》く、性交そのものの激しい接吻だ。硬直した舌を、何度も何度も口腔で包み込まれ、たっぷりと蕩《とろ》かされる。この世のものとも思えない柔らかさに、理性が飛んで息継ぎの暇もない。

苦しい胸を喘《あえ》がせると、さり気なく呼吸する暇を与えてもらえる。

「これはまた、倒錯的だな。美少女同士の絡みを見ているみたいだ」

緋色の襦袢を乱している水帆と、髪に簪を挿し、いつも通り豪奢《ごうしゃ》な打掛けを纏う翡翠の様子は確かに少女同士が際どいじゃれあいをしているようにも見えるだろう。

しかし、翡翠の口づけはじゃれあいどころのものではなかった。一佳と口づける時とも、また違う。金銭で色を売っていた者独特の、相手を欲情させる技術としての接吻だ。

「ん………っ、んん………」

水帆は唇の端から飲み下せない唾液《だえき》を零し、足ががくがく震え出すのを感じた。もう、駄目だ。このまま膝をついて、倒れ込んでしまう。翡翠との接吻でこんなに感じていることを、一佳に気づかれてしまう。

そう思ったその時、襖が遠慮がちに開かれる。禿の一人が顔を覗かせ、一佳に大急ぎで小さな紙片を手渡した。赤字で書かれた、電報のようだった。それを読んだ一佳は、一瞬眉を顰めた。

朝倉は酒を飲み、翡翠と水帆の様子をちらちらと眺めながら、一佳の手元を見遣る。その目が、不意に深刻味を帯びた。

「何だ、速水家の大事じゃないか。お前は急いで帰った方がいいな。車を呼べよ」

どうやら速水家の仕事のことで火急の連絡が入ったらしい。一佳は怜悧《れいり》な美貌にいっそう厳しい表情を浮かべている。傍らに置いていた上着に袖を通し、しかしすぐには立ち去らなかった。

翡翠の腕に抱かれてぐったりしている水帆を一瞥する。

「この宴の花代は俺が持つ。朝倉、その色子はもう放してやれよ。いつまでも子供を虐《いじ》めて弄ぶなんて、趣味がいいとは思えないな」

「嫌だね。俺はこの子が気に入ったんだ。お前にどうこう口出しされる筋合いはない。もっとかまって、色んな表情を見てみたい。お前はもう帰れよ。後日お見舞いに伺うよ」

朝倉は水帆から目を逸《そ》らさず、相変わらず酒を飲んでいる。宴での遊びは終《しま》いだとは言わない。一佳は酷く苛立った様子だ。

水帆は焦燥に駆られていた。

一佳が帰る。帰る――どうして？

くらりと目眩がした。

「――どうした？」

自分を抱きかかえる翡翠の問いかけに、水帆は答えられなかった。

どうしよう。どうしよう。どうしてこんなに目が回るんだろう？　翡翠の口づけに、そんなにも惑わされてしまったのだろうか？

体が熱い。特に、水帆の一番恥ずかしい、下肢の器官がどうしようもなく熱っぽくなってしまっている。水帆は最早《もはや》その場に立っていられず、ふらりと畳の上に倒れた。

「――水帆？」

一佳が駆け寄って来るのが見えた。今、揚羽、と呼ばずに水帆と呼んでくれた。

たったそれだけのことが、酷く嬉しかった。

「お兄ちゃ……」

手を伸ばし、そう呟《つぶや》いたのが、最後の記憶だった。


手桶《ておけ》に汲《く》まれた氷水で、誰かが布巾《ふきん》を硬く絞っている。冷たそうな水音が頭上で聞こえていた。氷水に冷えた布巾が、額にのせられる。

「揚羽がさっき一気に飲んだ色子用の徳利だな。あの花柄の徳利には、まだ酒を飲みなれてない色子や禿のために弱い酒が入れられてるんだ」

水帆のいつもの部屋だった。

白い敷布を敷かれた自分の褥の上で、水帆は忙《せわ》しない呼吸を繰り返していた。体が甘だるく痺《しび》れている。切なさを両の踝《くるぶし》を擦り合わせて堪えた。この感覚をよく知っている。一佳と褥に入って、逐情する直前の切羽詰まった感覚だ。

「さっき、色子と禿を退室させたとき、誰かがさり気なく、この柄の徳利に薬を入れて回ったんだろう。揚羽がこんな風に発情して、誰彼かまわず足を開くようなみっともないところを、朝倉や俺たちに見せるようにね」

「発情？」

「朝倉も言ってたろ？　廓直伝の発情剤だ。白牡丹の禿の仕業《しわざ》だろうな。白牡丹の馴染み客の朝倉が揚羽にちょっかいかけてるもんだから、その仕返しだろう。ただでさえいじめを受けてるってのに、あのいい加減な阿呆坊のせいで、まったく、揚羽には迷惑な話だ」

しゃべっているのは、一佳と翡翠らしい。

朝倉は多分、敵娼である白牡丹の機嫌を取りに行ってるのだろう。そうだ、朝倉は白牡丹の敵娼なのだ。白牡丹たちには、まだ水帆が朝倉を盗ったと誤解されているんだろうか。

違うのに。水帆が好きなのは、朝倉じゃない――他の人なのに。

「揚羽はここでいじめにあってるんだ。子供のやることだから、物を隠したり、突き飛ばしたりの些細《ささい》な程度だけど、今回はさすがに性質が悪いな」

いじめ、と聞いて一佳が不審そうにしているのが分かる。翡翠がさっと解説を入れた。

「折檻が過ぎて殺される色子だっているんだぞ、いじめくらい珍しくもなんともない。もともと揚羽は華族の出身だろ。周囲に最初から拒絶されて、受け入れてもらえないっていうことを嫌って言うほど思い知らされてる」

翡翠は溜息をついた。

「おまけに誰かさんの差し金で新入りに分不相応な上部屋を誂《あつら》えられたり、贅沢《ぜいたく》な衣装やら品物を贈られたりで、余計なやっかみを受けてたんだよ」

「だが、いじめられてるなんて、これは一言も俺に相談しなかったぞ」

「バカじゃないの。お前、自分が揚羽に何したか分かってんのか？　いじめられてるなんて、何でお前に告げ口できるんだよ」

一佳は押し黙ってしまっている。この廓で水帆を最も虐げているのは一佳本人だ。

「この年頃で友達の一人も出来ないで寂しいだろうに、俺にも一言も弱音を吐かない。いじめられた後は、お前から贈られた品物をいじったり、菓子を大事に大事に齧《かじ》ってる。小さいなりに必死でいるよ」

はあ、と熱い吐息が漏れた。体の奥が溶け出して、その熱が唇から零れているみたいだ。

「ん？　苦しいか、揚羽」

「体、熱い……」

一佳が翡翠に尋ねた。

「これの状態は？　すぐに治まるのか？」

「さあね。酒で薄まってたんで幸い効果は薄いけど、朝までこのまま発情しっ放しだろうな。麻薬みたいなものだから、意識の錯乱の方が心配なんだ」

翡翠との接吻《いまいま》ばかりが原因ではなかった。水帆の体が、盛られた薬に犯されていたのだ。

一佳の忌々しそうな声が聞こえる。

「こいつも悪いんだ。廓の常識はまだ知らないのは仕方がないまでも、飲み慣れないものを一気に飲むから、おかしなものが混じってても異常に気付かないんだ」

「状況判断が鈍るほど、意地にさせたのはどこのだれだか。座敷をさっさと出て行けなんて冷たく言われて、かっとならない子なんていやしないよ」

「……泣いて逃げ出すだろうと思ったんだ」

「一度客がつけば、この子だってもう立派な色子だ。お前を見返すために俺について廓での常識を学ぼうと毎日頑張ってる。甘く見るな」

厳しい言葉でついと一佳を突き放す。

「ここは高級楼閣だから、専門の薬師《くすし》も常駐してる。何かあったらすぐに診《み》てもらえるよ。お前はもう実家に戻った方がいい。さっきの電報、お義父《とう》さんの一大事じゃないか」

そうだ、宴の席に、電報が届いたのだ。

視線を巡らせると、一佳は手にその紙片を持っていた。真摯《しんし》な眼差《まなざ》しで、文面を何度か読み返している。しかし、溜息を一つつくと、それを手の中でくしゃりと握り潰《つぶ》してしまった。

「俺は何も見てない。何も知らない。この電報は速水一佳の手に届かなかった」

「……おい、本気かよ」

「おにい……ちゃん……」

水帆はのろのろと、褥から体を起こした。

「おうちに、帰るの?」

焦点の定まらない、呂律《ろれつ》の回らない幼い口調で、水帆は尋ねた。

掛け布団から這い出て、畳の上をよろよろと立ち上がる。

「お見送りは、おれがしますね。おれ、おにいちゃんのこと、大門までお送りしますね」

精一杯何でもないふりをして、無理やり笑顔を作る。まるで足に錘《おもり》をつけているかのようによたよたと歩き、それから、どっと倒れてしまう。翡翠が慌てて水帆を起こした。

「揚羽、起き上がるのはまだ無理だ。もう少し横になってろ」

「いやだ、おにいちゃんが帰っちゃう……、置いて、行かないで……」

水帆は子供だった頃を思い出していた。水帆は体が弱かったから、熱を出したり風邪を引くのは度々《たびたび》のことだった。弱っている時に、会いたいのはいつも一佳だけだった。いつでもそうだった。けれど一佳は夜になると使用人棟に帰ってしまう。

「水帆。俺はここだ。しばらくここにいるから心配しなくていい」

水帆を抱き起こし、再び褥に横たえる。仕事をさせるためではなく、休養をとらせるためだ。

しかし水帆にはまだ、気がかりがある。

「櫛が、お風呂に入ってたら、櫛がなくなって」

「櫛？」

「おにいちゃんが贈ってくれた櫛。ゴミと一緒に、捨てたって言われました。探しに行かないと、燃やされちゃう」

「……そうか」

「ごめんなさい。せっかくもらったのに。大事にしようと思ったのに…失くしちゃって、ごめんなさい」

どうして失くしたのか、一佳は深く追及しては来ない。いじめられて取り上げられてしまったのだとは、死んでも言いたくなかった。

「もういい。櫛くらい、また同じ物を買ってやる」

「いや、それは嫌」

せっかくの一佳の申し出に、水帆は駄々っ子のようにかぶりを振る。

「約束するのは嫌だ…」

発情させ、意識を錯乱させる薬物の効果で、水帆はほんの少し、子供返りを起こしていた。金で買われる色子の立場だということをすっかり失念して、昔のように、無邪気に一佳に甘えてしまっていたのだ。

「おにいちゃん、お願いだから、もう少しだけだから、おれの、傍にいて欲しい」

水帆には、もう何もかもが限界だった。たった一人、騙《だま》される形で花街に売られてから、精神的に、肉体的に、すべてがあまりにも過酷な状況だった。

一佳と再会したことは、救いでもあり、煩悶《はんもん》でもあった。好きな相手に復讐を受ける状況が、幸福なのか不幸なのか、水帆には未だに判然としない。

色んなことを考えすぎて、度が過ぎたいじめに遭い、心身がとうとう限界を超えていたのだ。

水帆の子供っぽい哀願を聞いて、居た堪れないように翡翠が立ち上がった。

「薬が盛られたこと、大事《おおごと》になると面倒だから、見世には漏れないようにするよ。朝倉はきちんととっちめておくし、白牡丹にも釘《くぎ》を刺しとく。たとえお職だろうと、禿の素行を管理も出来ないで一人前の色子とは言えない」

いつもながらの厳しい口調で、そう言い放つ。

「お前もせっかく面倒を看てやるんだったら、多少甘やかしてやってもいいんじゃないか。薬の効果で、多分何を言ったか明日の朝には忘れてる。それ、その子の素のまんまなんだろ。ずっと気を張ってるけど、本当は、再会したお前に甘えたくて仕方がないんだよ」

一佳は何も答えない。

「一晩だけ『お兄ちゃん』に戻っても、お前の七年間がふいになるってことも、ないんじゃないか」

襖がぱたんと閉められた。室内に二人きりになって、水帆は息を弾ませながら、一佳に訴える。

「……おれ、病気なの？」

「いいや。明日の朝には治るそうだ」

そうなのか。でも、病気が治ると、一佳はまた、大門を越えて外の世界に帰ってしまう。

襦袢の下で、水帆の紅潮した素肌には、汗が滴《したた》っていた。上向いた胸板を、つ、と一滴が滑り落ちる。ごく些細な感触に、水帆はまるで愛撫を受けたかのような声を漏らした。

「あ、あ……っ」

ごくりと喉《のど》が鳴る。いつもより、立てかけられている几帳の数が多い理由が、水帆にはまだよく分からなかった。几帳には高い嬌声《きょうせい》をさえぎる効果がある。

「つらいか？　必要なら処置をするように、翡翠には言われてる」

「処置……？」

一佳が水帆の襦袢を割ると、腰の辺りは水帆の先走りでびしょ濡れだった。秘密の蕾は何をされているわけでもないのに、自然とたっぷりと潤い、内腿《うちもも》をびっしょりと濡らしてしまっている。

その透明な筋が伝う柔らかな双球。汗ばんだそれを、一佳はゆっくりと揉みしだく。

「あっあ……」

「どうして欲しい？」

そんな風に、優しく声をかけられたのは本当に久しぶりのように思う。水帆はどう答えていいか分からずに、ただ一佳の美貌を見上げていた。

けれど、じりじりと下半身を焼く、不自然なほどの熱が迫っている。水帆は羞恥に顔を逸らすが、自分から徐々に、一佳に向かって足を開いていた。

「いや……っ、勝手に……」

慌てて足を閉じるが、また開いていく。触って欲しい。指や唇で、水帆の体をたくさん触って欲しい。その行為を恥ずかしげもなく示唆しているかのようで、慌ててまた閉じる。

羞恥に嫌がる水帆の手を押しのけ、まだ先端に皮を被って稚《いとけな》い形状の性器を、一佳は躊躇《ためら》うことなく口腔に収める。

甘い飴玉《あめだま》を頬張るように、唾液を絡みつけ、口の中で、舌を巧みに使う。引《ひ》き摺《ず》り下ろされた皮膚の下の粘膜には、舌の広い面でたっぷりと濡れた愛撫が施された。時折、手のひらに捧《ささ》げ持った柔らかな塊《かたまり》にも吸い付く。性器と蕾の間にある、少し感覚の鈍い器官なのに、今日はそんなところまでどうしようもなく過敏になっている。

性器と精嚢《せいのう》にたっぷりと口淫《こういん》を施された後、水帆の足は大きく開けられた。

一佳が自分のネクタイを解く。それから、床に落ちていた水帆の帯止めを拾い上げた。その挙動に、何故《なぜ》か一佳が何を考えているのかすぐに分かった。

「いっ、いや！　それはだめ……！」

伸《の》し掛《か》かってくる長身を嫌い、ぱしぱしと夢中で背中を叩いているが、一佳は何の痛痒《つうよう》も感じていないようだ。水帆が啜り泣いても、一佳は、自分のネクタイと帯止めを使って、強引に右手と右足首を、左手と左足首をそれぞれひとまとめに縛ってしまう。

「どうして？　どうして…………？」

ついさっきまでは優しかったのに。

櫛を失くしたから？　だから今から、折檻を受けるのだろうか？

「お前は、何も悪くないよ。これはお前のためにすることだから、お前は泣いたり悲しんだりしなくていい」

縛られた体を褥に仰向《あおむ》けに転がされる。

性器も、その後ろにある窄まりも、感じやすい下肢は一佳の好き放題に弄られる。舌で蕾を丹念に解《ほぐ》され、手のひらで茎を上下に扱かれる。絶え間ない水音に煽《あお》られて、水帆は何度も何度も絶頂へと導かれてしまう。

「気持ちいいか？」

「ひ、ああっ……、あ……――ん」

手首を縛られているものだから、指を噛んで恥ずかしい甘声を堪えることすら出来ない。

細腰を無意識に揺らし、一佳の愛撫をもっととねだる。

「可愛いな、水帆」

水帆ははっと息を飲んだ。可愛い。

「嘘《うそ》、…そんなのうそだ」

「本当だ。お前は可愛いよ」

一佳が可愛い、と言ってくれた。胸の奥が泣いた後のように、じんと痛む。大好きな相手に可愛い、と言われる度に、水帆の中が歓喜に打ち震える。

水帆が目を閉じると、一佳は片方の乳首を、優しく吸い上げる。

「あ、あ――――あぁっ」

軽く歯を立てられ、過敏な突起がどんどんいやらしく凝《しこ》っていく。

そこを責め立てながら、一佳は水帆が放ち、臍《へそ》の辺りに溜まっていた精を指先にたっぷり取った。それを、すでに一佳の唾液で濡れた水帆の小さな蕾に塗りつける。

手首と縛られたままの足首を取られ、深く折り畳まれる。上向けられ、少し空気が入った内部から、恥ずかしい破裂音と共に、とろりとろりと熱の雫がこぼれ出した。

その、貪婪《どんらん》で熱い唇に一佳が己《おのれ》を押し当てる。

「お前、何か欲しいものがあったのか？」

水帆は意味が分からず、虚《うつ》ろに首を傾げる。

「朝倉から、報酬さえもらえたらと言って、翡翠と絡んでたろ？　俺も毎日あれこれ品物を贈ってるけど……他に、欲しいものがあったのか？」

それは違う。水帆は、朝倉との秘密を一佳に明かされたくなかっただけだ。いやらしい奴と一佳に嫌われたくなかっただけだ。欲しいものなんか、何もない。一佳の優しい言葉以外は。

「………」

「お前が欲しがるなら、今なら何でも買ってやれるのに」

どこか切ないような呟きを零し、一佳がゆっくりと、水帆の中に押し入ってきた。

「あ――………、あ………っ！」

「……今なら、どんなに無邪気でいられても、お前を憎まずに済んだのに」

水帆は無我夢中で、体を大きく仰《の》け反《ぞ》らせる。

欲しいものなんか、何もない。一佳が傍にいてくれるなら、本当はもう、それだけでいい。

「ん……、おっき……、や……っ！」

深々と挿入されたため、一佳がいつもよりずっと大きく感じる。つらいはずなのに、今夜の水帆は苦しさや痛みにさえも官能を覚える。

一佳が角度を変えてきた。水帆が一番弱い凝りを一気に責め上げられながら、同時に水帆の前も扱き立てられる。一佳が水帆の耳元に唇を埋《うず》め、何かを優しく囁きかけた。

水帆、と名前を呼ばれた気がする。

「やだ、も………っちゃ、う……」

その夜の間中、揚羽の座敷からは、責め立てられ続ける甘い嬌声が漏れ続けていた。

それはつらそうでありながら、どこか幸福そうな余韻が含まれていた。

水帆はこの廓に来てから時々、実家での生活を思い出すことがある。

一番頻繁に思い出す記憶。それは七年前、夏の嵐の夜の出来事だった。

一佳は水帆の世話係や家庭教師、自分の学校に加え、一ヶ月に一度、遠方に使いに出されていた。それでもたいてい、日付けが変わるまでには帰って来る。一佳の部屋の灯《あか》りがつくのを自分の部屋から見て、水帆もほっとして電気を消すのが習慣だった。

しかしその日、いつまで経っても一佳は帰ってこなかった。

夏の嵐が来ていて、激しい雨が降り、風が吹いていた。使用人棟は本邸からそう離れていなかったが、玄関のランプが照らす以外は真っ暗だった。水帆はお気に入りのうさぎのぬいぐるみを相棒に、本邸を抜け出し、決死の思いで使用人棟へ駆けた。一佳の部屋の前にようよう辿《たど》り着いたものの、扉を叩いてもやはり応えはなかった。

激しい雨音、かみなり、窓に庭の草木がぶつかる音。

古い建物自体も、強風に左右に揺れて、天井から吊《つ》るされたランプが時折細くなる。

他の使用人に見付かったら、本邸に連れ戻されてしまうから、薄暗い廊下にじっとうずくまって、水帆はただただ、一佳の帰りを待ち続けた。

帰って来ると信じていたから、怖い思いに耐えることが出来た。

「水帆」

日付けはもうとっくに過ぎて深夜の二時頃、一佳がようやく帰って来た。フード付きのレインコートを着ていたが、薄いコートはこの嵐ではまったく役に立たなかったらしい。全身びしょ濡れだ。

「水帆、馬鹿、一人でここにいたのか？」

怒られるのかと思って、水帆は慌てて持っていたぬいぐるみを示した。

英国帰りの親戚から贈られた高価なうさぎのぬいぐるみだ。水帆の気に入りのおもちゃだった。

「うささんが一緒だから平気」

「『ぎ』が抜けてる。うさぎさん、だよ」

「うさぎさん」

一佳は苦笑して、水帆を自室に押し込んだ。びしょ濡れなのは自分なのに、無茶をして嵐の中に出た水帆が怪我などしていないか、ランプの灯りで確かめてくれる。初めて入った一佳の室内はそう広くはないけれど、きちんと片付けられ、難しそうな本がたくさんあった。

「どこに行ってたの？　おにいちゃんが帰って来るの、ずっと待ってた」

「用事があって、ちょっと遠くに行ってたんだよ。少し暖まったら、お屋敷に戻ろう。朝になって水帆がベッドにいなかったら伯爵様たちが心配なさるよ」

「いや。今日はここに泊まる」

水帆は駄々を捏《こ》ねた。父たちは別に、水帆の心配などしないと思う。

「おにいちゃん、朝が来たら、今日は帰るの遅かった。だから夜は一緒にいるの」

「じゃあ、朝が来たら、お屋敷にちゃんと帰るんだよ」

自分の着替えをしながら、一佳は何気ない素振りで、水帆に尋ねる。

「水帆は、俺がもしも戻らなかったらどうするつもりだったんだ？」

「それでも待ってた」

「でも、ずっと帰らないかもしれないだろ？」

「じゃあずっと待ってた」

何も知らない愚かな水帆は、胸にうさぎを抱き、ただにこにこと一佳を見上げていた。

「おにいちゃん、今日はどこに行ってたの？　毎月、いつもどこに行ってるの？」

「内緒。水帆には教えない」

ちょっと冷たい言葉に、水帆はどきっとした。

だけど、きっと一佳がからかっているだけだと思う。それに、一佳はもうここに帰って来てくれたのだから。他のことは、どうでもよかった。

「おにいちゃん、あのね、今日はお母様がすこうし、優しかったよ」

無邪気に一佳の足に纏わりつく。早くベッドに入ろうよと誘った。一佳と、うさぎと、水帆。一緒に並んで眠るのだ。一佳と寝るなんて初めてのことで、水帆はとても嬉しかった。

「それで、それでね、おれも今度、舞踏会に連れて行って下さるって。朝倉侯爵のおうちで舞踏会があるから、行儀よくしているなら、今度連れて行ってあげるって言って下さったんだよ」

「そう……」

いつもなら、一佳も一緒に喜んでくれるような話なのに。

一佳は何故か、はしゃぐ水帆をどこか疲れたような顔で見下ろしていた。ふと、こちらに指を差し伸べる。その両手が、水帆の首にかかった。水帆の喉を締め上げるかのように、少し動く。

水帆はうさぎを抱いたまま、一佳の顔を見上げていた。何を疑うこともなく、にこにこしていた。

ランプは真上についていたから、一佳の表情は水帆には分からなかった。一佳が何を考えていたかも、もちろん知らなかった。夜の雨の中、どんなに深い悲しみを抱えてこの屋敷まで戻ったのか。一佳の心のうちなど——当時は、何も知らなかった。

「……おにいちゃん？」

一佳の指先が熱い。少し息が詰まる。少し、苦しい。

「おにいちゃん、喉が、苦しい」

抱いていたうさぎの耳をぎゅうっと握り締める。一佳は突然、我に返ったように息を飲んで、水帆を見詰める。その場に膝を落とした。がくがくとその体が震えていることに、水帆は気付いた。

「どうしたの？」

水帆はびっくりして、一佳に飛びついた。

一佳は、声を殺し、泣いていた。床の上で作った握り拳《こぶし》に、雨とは違う雫が滴り落ちる。

「………どうしたの？　泣かないで。どこか痛いの？」

泣いている一佳の髪に触れる。一佳が泣いている。それは水帆には衝撃だった。一佳が悲しい、痛いと思うことは、自分が悲しく痛いよりも、遥《はる》かにつらいことだった。

一佳の涙に驚いて、一緒に水帆も泣いてしまった。わんわん泣いて、そのまま泣き疲れて、一佳のベッドで眠らされた。そうだ。七年前のその夜だ。

一佳は水帆の前から、姿を消した。まるで、夏の嵐に攫《さら》われたかのように。


夢から醒《さ》めたと思ったらまた夢の中にいる。という夢を水帆はよく見る。

入れ子状になった夢の中で、水帆は度々迷子になる。

それが悲しい夢や悪夢の連続だと、いつ、現実に戻れるのかと恐ろしいほどの焦燥に駆られる。

だから今、覚醒《かくせい》して天井を見上げている水帆の唇から、小さな疑問が零れ落ちた。

「夢……？」

「いや、現実だ」

水帆の唐突な問いかけに、はっきりとした返事が帰ってきた。ちょうど一佳が、襖から入って来たところだった。シャツの袖を捲《まく》り上げ、手桶の水を替えに行っていたらしい。

水帆は慌てて立ち上がろうとした。

「は、速水、様」

「待て。急に動くなよ」

肩を抱かれ、額と額をしっかりとくっつけられる。

そんな一佳の挙動に心底驚いた。まるで、兄弟のようだった七年前のような、親しく優しい接触だった。

どうしよう。もしかしたらまだ、都合のいい夢を見ているのかもしれない。

「熱はないな。目眩は？　しないか」

「……は、はい」

「腹は減ってないか。食事を運ばせるが、食べたいものは？」

「な、何でもいい…、です……」

ああ、これは現実だ。一佳がいる現実だ。どうしてか、涙が零れる。

「馬鹿だな…泣くことないだろう？　どこかつらいのか？」

水帆はかぶりを振った。

何だろう。目の前が明るい。ここ数日、本当につらいことばかりで、もう誰も信じられないような気がして、独《ひと》りでいるとつい涙が零れそうにすらなった。

それなのに、今朝は目を覚ますと一佳が傍にいた。昨日夜通し、ずっと傍にいてくれた記憶もある。今もこうして優しく言葉をかけてくれる。たったそれだけで水帆の頬は、朝陽《あさひ》を受けたかのように暖かくなる。

一佳が枕元に立ち、捲り上げた袖を直しながら、水帆を叱り付ける。

「徳利を一気に飲み干すなんて、あまりバカな真似をするなよ。仮にも元華族、高貴な血筋の出身だ。せっかく色子としての売りを持ってるなら、有効に活用した方がいいんじゃないのか」

「でも俺、もう華族じゃないから」

ぽつんとそう言って、気を取り直すように、水帆は顔を上げた。

「……速水様が俺を看病して下さったんですか？」

「ああ。お前はこの廓じゃ嫌われ者で、病気になっても面倒を看てくれる人間がいないと翡翠に聞かされて、仕方なしにな。翡翠は見世の用事で忙しかったし、朝倉は白牡丹の機嫌を取るので部屋に籠《こも》ってた」

ぶっきらぼうな口調で、説明してくれる。廓内でいじめを受けていることを知られたのは居心地が悪い。だけど、一佳が朝まで水帆の傍にいてくれたのは本当だ。この朝は、水帆がこの廓に来て一番幸福な朝だと思えた。

一佳が優しかった。ただ、それだけのことなのに。

水帆は褥に入ったまま、一佳が食事の介添えをしてくれる。焼き魚をほぐしてもらいながら、いつもとは逆の立場が面映《おもはゆ》くて、顔を上げることが出来ない。

「いいです。自分で、食べられます」

「構うな。またお前に何かあったら、俺が翡翠に怒られる」

やがて、一佳が廓から帰る時間になった。花街に朝までい続けた客を、大門まで送っていくのも色子の仕事だ。まだ足元がふらついたが、翡翠に名代はしてもらわず、もちろん水帆が送っていくつもりだった。

まだ朝靄《あさもや》がけぶっている時間で、見世に挟まれるように建つ食べ物屋では、一日の商いの準備が進められていた。菓子屋からは甘い湯気が上がっている。

水帆は物珍しい気持ちで目を見開き、店内を覗き込む。

「おいで」

一佳に促されて、水帆は軒先に入る。

「飴湯を一つ。この子にやってくれ」

店主が火の入った大鍋から、湯飲みに柄杓《ひしゃく》でいっぱい、金色の飴湯を注いでくれる。

「熱いぞ、火傷《やけど》するな」

「はい……」

一佳が片手で受け取り、差し出してくれたのを、大切に両手のひらで受け取って、ふうふう、と息を吹きかける。一口飲むと、飴湯の甘さに頬がほっと緩んだ。

「美味《うま》いか？　水帆」

「うん。あったかくておいし……」

そう答えた後、水帆ははっと顔を上げた。一佳も気付いたのか、バツが悪そうに視線を逸らす。

今、水帆と呼んでくれた。揚羽ではなく、水帆と。

ぎくしゃくとした空気の中、二人は大門近くで足を止めた。大門の向こうには、一佳の車が停《と》められている。女郎や色子の逃走を防ぐため、大門の中に自動車を乗り入れることは禁じられている。

一佳が、不意に水帆の髪に触れた。

「髪が、少し伸びたか」

「……はい」

「もうじき、高結びが出来る。簪をあつらってやらなくちゃいけないな」

「翡翠さんは、もう少し伸びるまでお花を飾るようにって」

「そうだな。俺はその方がいいな」

普通に話してくれる。たったそれだけのことで、嬉しくて涙が出そうになる。

飴湯を飲んだ後で、少し、頰が暖かくなっていたと思う。

一佳が買ってくれた飴湯だ。水帆が寒かろうと、温かい飲み物を買ってくれた。昨日、今朝と手厚く看病してくれたその優しさも、水帆はちゃんと憶《おぼ》えている。

これは今朝見た夢の続きじゃない。

けれど、これがあの夢の七年後だ。水帆を置いていなくなった一佳は、七年後にこうして水帆の目の前に帰って来てくれた。

会わずにいた月日はあまりにも長い。一佳は水帆を憎んでいると明言し、今、水帆を金で買う客として目の前に立っている。華族を、雨宮家を憎み、「死神」と呼ばれる事業にまで手を伸ばし、高みに駆けて行こうとする。

水帆の存在はその輝かしい道のりの路傍の小石に過ぎない。

それでも再会できたことを幸運に思う。

一佳が好きなのだ。

仕方がないのだ。どんなに嫌われて、意地悪をされても、水帆はやっぱり一佳が好きだ。無理やり抱かれるのが嫌だったのも、翡翠に嫉妬したのも、すべて、その気持ちが捨てられないからだ。水帆は自分で考えているよりも相当神経が図太いのかもしれない。

「速水様」

そう声をかけて、水帆は一佳を見上げた。

「俺、翡翠さんからもっと色んなことを習います。この街のことも、少しずつ分かって来ました。俺はもう、ここで生きていくしかないから…だから、ここに馴染めるように精一杯、努力をします」

一言一言に、丁寧に真心をこめる。

「年季が明けるまできっと頑張ります。だから、いつかこの大門を出ることが出来たら、何年かかるか分からないけど、外に出られたら」

水帆は一心に、一佳の顔を見上げた。

「一番に、………お兄ちゃんに会いに行ってもいい？」

一佳が、その冴《さ》えた双眸《そうぼう》をかすかに開いたのが分かった。

水帆の図太さに呆れているのかもしれない。

復讐の対象にされていることは散々に思い知らされているのに。それでも、一佳が一晩中、自分を看病してくれた。一夜限りの優しい気配にすがり付こうというのだ。

「お前の好きなようにしたらいい」

一佳は素っ気なく、踵を返す。

馬鹿な奴だと呆れられたかと思う。けれど、肩越しに振り返った一佳は、意外にも穏やかな目をしていた。

「見世まで、気をつけて帰れ」

「……はい」

しかし、水帆はじっとその場に立っていた。一佳も、それに気づいて車に乗ろうとしない。

「もう行きなさい。俺は車に入るから」

「でも、速水様の車が行くのを見届けてから……」

「風邪をひくよ。ここで見てるから、見世に戻りなさい」

「お見世にまた来てくれますか？」

「………ああ」

一佳は、静かに答えた。その答えがあまりにも嬉しかったので、一佳が水帆の目を見てくれてはいなかったことに、水帆は気づかなかった。

七年前のあの夜もそうだったのに。

あの夜も、一佳は水帆の目を見ずにただ痛みを堪えるように、俯《うつむ》いて、泣いていた。

「きっと来てね。また来てね」

何度も何度も振り返り、一生懸命手を振る。

自分の境遇を、もう嘆いたりせずに、精一杯受け入れよう。

水帆は多分、いつか見ず知らずの男に毎日身を任せるようになる。一佳としたように、体の一番奥まで他人を受け入れさせられる。

けれどせめて心だけは、自分で守ろう。

あの人が好きだという、この気持ちだけは。


水帆が客と会うことで入る花代は、ほとんどが見世への借金返済に充《あ》てられる。それから日々の食事代、湯代、衣装代、禿がついている場合はそれを養う費用がかかる。

自由になる額は色子でそれぞれだが、水帆の手元に残った花代はほんの小遣い程度だ。

見世の支度をする前に、水帆は一佳に飴湯を飲ませてもらった飴屋に向かった。

飴屋は店先のすぐ奥が厨房になっていて、大鍋の中では溶けた飴が鋼《はがね》のようにどろどろに煮込まれている。職人がまな板の上で長く長く引き伸ばし、柔らかいうちに飴包丁で一口大に切っていく。それをざら紙の袋に放り込み、口を摑んで上下に荒っぽく振る。

まだ切られたばかりの飴だ。数十粒が薄茶色い紙袋に入れられて、ほんの数銭で買える。見世に帰る道々、まだ温かい一粒を摘んで口に放り込んだ。

一佳が来たら食べようと、大切にとっておく。

一佳が来たら、今日は少し話をさせてもらおう。たとえ少しずつでも、会えなかった七年間を少しずつ、優しいもので満たしていきたい。

父の命令に抗えなかった子供の頃とはもう違う。

しかしその日、一佳は水帆を買いに来なかった。

その次の日も、また次の日も。

水帆は格子の中で、見世が終わるまで、ただ一佳を待ち続けた。

けれど一佳が現れることはなかった。

七年前と同じく、何も言わず、忽然《こつぜん》と水帆の前から姿を消してしまった。


水帆は毎日、悶々《もんもん》として過ごした。

張り見世の間も、格子の間から一佳の姿を探して一時も心安らかでいられない。

どういうことなんだろう。

どうして、一佳は見世に来てくれないのだろう。嫌がらせのためとはいえ、今までは、ほとんど毎日のようにこの廓に来ていたのに。

また来てくれると、先日大門の前で約束してくれたのに。

もしかしたら、一佳の身に何かあったのだろうか。まさか病気か、事故か。ただ仕事が忙しいのか。

だから廓には来られないのだろうか。

それとも水帆がもっと廓に来て欲しいと頼んだから、却《かえ》って意地悪がつまらなくなったのだろうか。

それなら、まだよかった。けれど、一佳は一度命を狙《ねら》われて大怪我をしたことがあると朝倉から聞いている。それが水帆には心配なのだ。

色子である水帆から文を出すことは禁じられているので、一佳の近況を知ることが出来ない。登楼した朝倉や翡翠に尋ねてみたが、何も知らない、という返事が返ってくるばかりだ。

相変わらずお茶を挽《ひ》く張り見世の合間、水帆は手水《ちょうず》に立った。

どこかから三味線と唄《うた》の声が聞こえる。確か、朝倉が来て宴会を開いているはずだ。燈籠《とうろう》で照らされた庭園を眺め、水帆は考えた。明日、朝倉が楼降する時に、一佳への伝言を頼もうか。色子の身の上で出過ぎた真似だから、引き受けてもらえるかどうかは分からないが、せめて一佳が元気でいるかどうか、それだけでも聞かせて欲しい。

庭園に沿った廊下を歩いていると、前から二人、まだ若い酔客がやって来た。

水帆は会釈をしてやり過ごそうとするが、一人と目が合ってしまう。その男は、水帆の頭から足先までを眺め下ろし、連れと視線を見交わしてにやにやと笑い始めた。

「お、この色子は知ってるぞ。確か、没落華族様の末裔だって？」

いやな予感がした。水帆は急いでその場を立ち去ろうとしたが、二人にさっと前後に回られてしまう。すぐ傍の障子の向こうは、不味《まず》いことに今、使われていない座敷だ。一人に背後から抱きかかえられ、室内に連れ込まれる。二人がかりで畳の上に押さえつけられ、悲鳴を上げようとした唇は手のひらで塞《ふさ》がれてしまう。

「んっ！　んん！」

「張り見世でお茶を挽いてるのをよく見かけるが、付いてる客は大変な上客だな。こりゃあまた、すごい衣装だ」

水帆の襟元をつかみ、左右に開こうとする。帯はきつく締められているので、野暮な客には簡単には解くことは出来ない。

男たちは苛立ったように、水帆の着物の裾をめくり上げた。露《あら》わになった水帆の太腿《ふともも》の白さを見て、目を見開き、呆《ほう》けたような溜息をつく。

「大した色の白さだ。まさか、水揚げもまだだったんじゃないだろうな」

「そんなはずはない。純な肌の色子に限って、あっちの熟れ具合はすごいっていうぜ。何しろ、肌が敏感だから感じやすいのさ」

そこを明らかにしようと、両膝を摑まれ、左右に押し開こうと力が込められる。水帆は必死に抵抗したが、声すら出せない状況で、逃げ出しようがなかった。

「ここで、悪ふざけはよした方がいいですよ」

いつの間にか、燈籠の灯火を背後から受け、座敷の入口に人が立っていた。凜とした気配を感じる。

白牡丹だった。

「下手をすると、登楼は禁止になります。誰にも見付からない間に早くこの座敷を出て下さい」

白牡丹の迫力に、男達二人はほうほうの態《てい》で逃げ出す。水帆は慌てて起き上がり、乱された着物を正した。こんな悪戯を受けたことがたまらなく情けなく、恥ずかしかった。

「今日も、お茶を挽いているそうですね」

白牡丹はこんなことには慣れっこなのか、何もなかったかのように無表情でいる。切りそろえた黒髪に、宝石のような光を持つ黒い瞳が今日も美しかった。

朝倉の座敷に入って、手水に立ったところらしい。こんな状況とはいえ、彼から話しかけてもらうのは初めてのことだ。酔漢から助けてくれたのも意外だった。朝倉の件ですっかり嫌われたと思っていた。

水帆の表情から、何を考えているか悟られてしまったらしい。

「上客を一人とられたくらいで怨んだりしません。禿が働いた無礼は謝罪しますが、きちんと抗議しない揚羽さんにも非があったと思います」

そうかもしれない。いじめられても黙ってなすがままだった水帆にも、勇気が足りなかった。

「ごめんなさい」

「別に謝ってもらう必要はありません。大丈夫なんですか、そんなことで、これから」

白牡丹はどこか苛立ったように溜息をつく。

「これからは、一人のお客様に封殺される立場ではなくなるんでしょう？　あまりぼんやりしてると、ここでは生き残れませんよ」

水帆の身の上を案じている言葉らしいと分かる。

気丈に何ヶ月もお職を張り続けている彼は、いじめられてもされるがままでいたり、ぼんやりお茶を挽いている水帆の姿に苛立っていたようだ。先輩色子として、水帆の非力さがもどかしく思えたのかもしれない。嫌われていたのではない。それがとても嬉しい。

しかし、今、白牡丹が言った言葉の意味が、水帆にはよく分からない。

「揚羽さんを水揚げなさった速水様は、今度、婚礼の儀を挙げられるとか」

「え……？」

この場所とは縁遠い、婚礼、という言葉を聞いて、水帆は目を見開いた。

知らなかったのかと、白牡丹の方が驚いたようだ。

「速水様が結婚されると、先ほど、座敷で朝倉様が翡翠さんと話していらっしゃいました」

水帆は瞬《まばた》きを繰り返す。一佳が、結婚する?

「結婚……?　そんなはずありません、速水様は、そんなことは何も……」

「間違いがありません。確かお相手は沢渡《さわたり》公爵家のご令嬢だと。ここ最近速水様が登楼されないのは、ご婚礼の準備でご多忙だからと――」

蒼白になる水帆に、白牡丹は押し黙ってしまった。嘘だと水帆は呟いた。一佳が結婚するなんて。

あまりにも唐突すぎる報《しら》せだった。予想もしない事態に水帆は混乱する。

けれど、それならすべて合点がいく。毎日のように登楼していた一佳が、どうしてここ数日姿を見せなくなったのか。

朝倉や翡翠に一佳の近況を尋ねたとき、彼らは何も知らない、と答えた。だが、一佳と親しい彼らが一佳の近況を知らないはずがなかった。彼らは一佳と水帆がどんな関係であるか知っている。水帆が、一佳にどんな気持ちを抱いているか。それも知っている。

だから水帆には、何も教えなかったのだ。一佳が結婚するのだと、教えなかった。

水帆は白牡丹に頭を下げると、駆け出して、いきなり朝倉の座敷に飛び込んだ。

「――揚羽」

座敷にいた新造や禿たちは水帆の振る舞いに驚いたような声を上げる。朝倉は騒ぐなと、ひらひらと手を振ってみせる。いつもの飄々とした態度だ。盃に口をつけ、ゆったりと尋ねる。

「どうした揚羽。ずいぶん怖い顔をして」

「本当ですか？」

水帆は手をしっかりと握り締め、数歩朝倉に近付いた。

「本当ですか？　速水様が結婚されるというのは本当ですか」

朝倉は、じっと水帆を見ている。いつもの屈託ない、からかうような笑顔から、不意に表情を改めた。

数拍の沈黙の後、彼はきっぱりと答える。

「本当だ」

「嘘だ」

「本当だよ。この前の宴は、あいつの婚約を祝うためのものだったんだからね」

そんな話、今、初めて聞かされた。確かに、朝倉はあの宴は一佳のための祝宴だとは言っていたけれど、水帆は自分が仕置きにさらされたこともあって、何の祝いなのか、尋ねることも考えることも出来なかったのだ。

水帆が力なくかぶりを振ると、朝倉は目を細める。ゆっくりと立ち上がり、水帆に近付いた。

「だって速水様は、そんなこと、一言も言ってなかった。最後に会った時にも、何も…」

「婚約はしたものの、結婚自体はまだ本決まりじゃなかったんだ。あいつは帰国したばかりでまだ慌しくしているから、結婚するとしたら一、二年先の予定だった。仕事の具合によっては、もっと先だったかもしれない。ところが先日、速水の義父上《ちちうえ》が暴漢に襲われる事件があってね。ちょうどあの宴があった夜のことだ」

速水家の大陸での企業活動に義憤《ぎふん》を覚えた男に、ナイフで襲われたのだそうだ。

水帆も薄《う》っすらと憶えている。確か、一佳に宛《あ》てて電報が届いた。水帆は酒に薬を盛られて酩酊《めいてい》し、その世話をするために一佳が握りつぶした電報だ。

「速水家にとって危険な情勢がまだ続くなら、いっそ早く跡取りである速水の身辺を固めてしまおうということになった。相手は沢渡公爵の一人娘だ」

「………」

「無論愛情はない、政略結婚だ。速水家は爵位を得、公爵家は速水家の財力を得る。両者共々安泰っていうわけだ」

水帆は、ふらりと足元がぐらつくのを感じた。その場に真っ直ぐに倒れそうになったのを、朝倉が二の腕を摑んでしっかりと抱きとめてくれる。水帆を宥《なだ》めようとするその手の力強さに、一佳が結婚するというのが本当なのだと、思い知らされた。

「式の準備で、新郎となる速水は毎日方々を駆け回ってる。いつもは取り澄ましてるあいつも廓通いしてる余裕はさすがにない。何しろ、結婚後は新妻を連れてもう一度大陸に渡るらしい。君に会うことは、もう二度とないかもしれない」

水帆はただ朝倉を見上げていた。朝倉は痛ましそうに水帆を見ている。

その腕が、水帆をそっと抱き締めた。水帆は、見開いた目から涙が滑り落ちるのを、ぼんやりと感じた。

騒ぎを聞きつけたのか、翡翠が顔を覗かせる。

「……翡翠さん」

抑揚のない水帆の声に、翡翠も異様なものを感じ取ったようだ。

「速水様が結婚するって、外国に行くって本当ですか……？」

翡翠がはっきりとうろたえた。彼にしては珍しく、困ったような視線を朝倉に向ける。水帆には時期を見て説明しようと考えていたらしい。

この話を聞けばどれほど水帆が打撃を受けるか、予測していたからだ。

水帆はじりじりと座敷から後ずさった。翡翠に手首を摑まれたが、夢中で振り払った。

「待て、揚羽」

呼び止められたが、待てない。真実は、自分の目で確かめたい。一佳に会いたい。

ただその気持ちに追い立てられていた。

一佳に水揚げされて以来、水帆の足抜けはぴたりと収まっていた。

立派な色子になる、と一佳に見栄を切った手前もあった。折檻が恐ろしいということもあった。だけど、それだけじゃない。単に一佳が毎日のように水帆を買いに来たからだ。

見世にいれば一佳に会えるのだと思うと、もうどこに行くつもりにもなれなかった。

見世側も、揚羽もとうとう足抜けを諦《あきら》めたのだろうと思っていたらしい。

水帆は真正面の大玄関から櫻花廓を抜け出した。

重い絹の衣装を纏わりつかせ、真っ直ぐに大門を目指す。

花街唯一の出入り口である巨大なその門を、簡単に抜けられるものではないと、水帆もとうに分かっていた。商人たちが盛んに行き来する時間帯だが、色子独特のこの衣装を見張りの者たちが見逃すはずがない。

万一外へと逃げ果《おお》せたとしても、どこから逃げて来たのかは一目瞭然だ。追っ手には簡単に見つけられてしまう。逃げられはしない。それは分かっている。それでも足掻《あが》かずにはいられない。

着物の裾を乱し、息を切らせ、突っ走って来た水帆を案の定、二人の門番が見咎《みとが》める。

外の世界はすぐ傍だと言うのに、目の前に竹竿が×の字に組まれ、前進を阻まれた。

「足抜けだ！」

「櫻花廓の色子だ！　捕まえろ！」

水帆は見張りを押し退《の》け、必死になって声を上げた。

「放して下さい！　お願いです、ここを通して下さい！」

しかし長い竹の棒で膝の裏を打たれた。その場に膝をつき蹲《うずくま》ると、数人がかりで何度も背を叩かれた。縄で後ろ手に縛られ、首縄をつけられて見世まで引っ立てられる。

一佳に尋ねなければ。また遠くに行ってしまうつもりなのか。

酒を飲んで酩酊した時、介抱してくれた。ずっと手を繋いでいてくれた。

大門まで一緒に歩いて、途中で飴湯を飲ませてくれた。

それなのに、優しい言葉は、素振りは、また水帆を傷つけるためのただの策略だったのだろうか。

結婚して、外国に行くなんて。そうしたら次に会えるのはいつになるのか。

今度は何年？　前は七年だった。七年、水帆は一佳のことをひたすら思い続けてきた。

それがまた繰り返されるのか。

何の応えもなく、取り縋《すが》る相手もいない。

一佳のことがもう、水帆には分からない。


足抜けをした色子への折檻は壮絶を極める。

一応「馴染み」の客がついている色子である以上、水帆への折檻は体に痕《あと》がつかない火責め、水責めだった。

水を張った大きな桶に、窒息寸前まで顔を突っ込まれる。顔を出されて、空気を求めて咳《せ》き込むと、またすぐに桶に入れられる。水を飲んでは吐き、半死半生になって、今度は火責めだ。

女の腕ほどもある大きな蠟燭《ろうそく》に火を灯《とも》し、内腿や膝の裏など、皮膚が弱い部分に蠟を垂らされる。熱さに悲鳴を上げると、猿轡を嚙まされ、悲鳴を上げて痛みを紛らせることすら許されなくなる。

ぼろぼろになった体は、夜になると天井の梁《はり》から吊り下げられた。宙に浮いたつま先に錘《おもり》の石をぶら下げられ、眠れるはずもないまま、朝が来ると、また同じ折檻が続けられる。

疲労の挙句、死んでしまう色子がいることも当然の過酷さだ。

責め立てられながら、それでも水帆は苦しさも熱さも感じなかった。

ただ胸が痛かった。

どんな折檻よりも、一佳にまた裏切られた、そのことに水帆は傷ついていた。

五日は折檻が続くと覚悟をしていたが、足抜けから二日が過ぎた頃、水帆は仕置き部屋から出された。許されたのではなく、客が水帆を座敷に呼んでいるとのことだった。もしかしたら一佳が来たのだろうかと淡い期待を寄せたが、来ている客は朝倉であるらしい。

廓の大客に呼ばれて、遣り手たちは湯場で水帆の足から頭まで丁寧に磨き上げ、白檀《びゃくだん》の練り香を体中に塗り込めた。二日間続いた折檻で顔立ちがやつれたことを上手に隠すために、派手な柄の仕掛けを整えられる。

翡翠は遠くの壁にもたれ、腕組みをして無表情に水帆の様子を見ている。今、一佳がどうしているのか翡翠に尋ねたかったが、琥珀色の瞳が冷たい怒りを孕《はら》んでいるのをはっきりと感じて、とてもではないが近寄れなかった。

水帆が感情に任せ、考えなしに足抜けをしたことに憤りを感じているのだろう。一佳の結婚を聞かされた時も、落ち着いて翡翠の助言を聞けば、足抜けなどという愚かな真似はせずに済んだかもしれない。

翡翠が何故、これほど廓の規律に厳格でいるか、水帆も理解していた。規律を守ることが、唯一、色子の心身を守る手段だからだ。

色を売る仕事からは逃れられなくても、規律さえ守っていれば、無理な折檻を受けて命を落とすことも、怪我をすることもない。翡翠には、後輩の色子たちがあたら若い命を落とすことが我慢ならなかったのだろう。

だから今、水帆に優しい言葉はかけない。他の色子に、足抜けへの無駄な期待を抱かせないためだ。

水帆はただ、暗い気持ちでいた。

翡翠を怒らせたこともつらいが、今日で朝倉とは「馴染み」になってしまう。秘密の「初会」と「裏」を返し、朝倉ととうとう床入りをするのだ。けれどこれが自分の仕事なのだから、水帆も、もう、覚悟を決めなければならなかった。

「――失礼致します」

自分の座敷でも、客が先に入っているなら当然平伏し、挨拶《あいさつ》してから入室しなくてはならない。

「不束者《ふつつかもの》ではございますが、精一杯務めさせていただきます。どうぞよろしくお願い致します」

しっかりと口上を述べる。畳についた指先からは血の気が退《ひ》いて冷たくなっていた。

几帳を背に、朝倉はゆったりと水帆に笑いかけた。

「久しぶり。綺麗な仕掛けだね」

「ありがとうございます」

「さすがにやつれてるな。ごめんな、もう少し早く様子を見に来るべきだった。まさか仕置き部屋に入れられてるとは思わなかった。翡翠の奴、一言も教えてくれないもんだから」

水帆は静かにかぶりを振った。自分は足抜けという禁忌を犯したのだから、相応の罰を受けるのが当然だった。

朝倉は水帆を傍に呼び寄せた。水帆は帯の下に手を隠そうとしたが、その手首を取られる。

水帆は息を飲み、目を閉じる。しかし朝倉には、疚しい意図はないようだった。

「こんなに痩《や》せて……」

痛ましそうに呟いた。

「速水が結婚するのが、そんなにつらいかい？」

「いいえ、いいえ」

水帆は大慌てでかぶりを振る。酌をしようと徳利を手に取ると、それをひっくり返してしまった。

「申し訳ありません」

「いや、緊張してるんだろう。何しろ、俺は今日で君の『馴染み』になるわけだから」

びくっと体が震える。今日、この食事が終わったら、水帆はこの人と褥に入るのだ。

それが仕来《しきた》りなのだ。逃げることは出来ない。

「散々悪戯もしてきたしね。我ながら怯《おび》えさせこそすれ、好かれるような真似はなにもしてない。だが俺は、今日は君を抱かないよ」

「え……」

水帆は驚いて顔を上げる。

「俺はね、揚羽。君をこの見世から落籍《らくせき》させるつもりでいるんだ」

「……落籍？」

「そう。つまり身請けだ。この見世から君を買い上げる。男同士だから正式な夫婦というわけにもいかないけど、俺は君をこの廓から請け出して、君が暮らす屋敷をきちんと用意して、何不自由ない生活をさせたいと思ってる」

「ど…どうしてですか？」

水帆には、朝倉の意図がよく分からなかった。あまりにも唐突な話だった。

朝倉は簡単に落籍、と口にしたが、色子の身請けには途方もない金と手間がかかる。商品である色子を永久的に手放すのだから、廓側は客から一銭でも多く金を引き出そうと様々な方策を図る。祝儀だ総花《そうばな》だと、廓内のいくつもの儀式や祝宴を経なければならない。

それらを難なくこなせる度量のある客でなければ、色子の身請けなど到底出来ないのだ。

朝倉が、水帆のためにそんな負担を引き受けようとする、その理由が分からない。

「俺は、落籍の話をお受けするほど朝倉様とお話をしたことがありません。朝倉様が身請けされるなら、敵娼の白牡丹さんでないと……」

「そうだね。白牡丹には悪いことをするな。でも俺は君がいいんだ」

朝倉は水帆の瞳を見詰め、確たる口調でそう言った。

「最初は、あの速水がずいぶん気にかけてる色子を見てみたいってだけのつもりだったんだよ。速水は仕事では有能で、色事にも相当経験がある。我を忘れて廓遊戯《あそび》にのめり込む手合いじゃない。そのあいつが封殺するほどの色子を見てみたい、そう思ってこっそり『初会』を持った」

「封殺？」

「何だ、まだ気付いてなかったか？　自分に客が付かないのは、自分の容姿や生い立ちに問題があるからだとでも思ってるか？」

その通りだ。水帆は頷いた。朝倉は破顔する。

「おかしな子だ。毎日自分の顔を鏡で見てるだろうに。張り見世のときに、格子越しの客たちがどんなに君に見惚《みと》れていたか、さっぱり分かってなかったのか」

微笑《ほほえ》ましそうに水帆を見ているが、そのまま、「封殺」という言葉の意味は教えてくれなかった。

「あいつの今の地位は、あいつの意思一つで簡単に捨てられるものじゃない。あいつはもう、引き返せない場所にいる。しかし俺もあいつに同情して、君を諦めるほど善人でも潔くもない」

「でもやっぱり、おかしいです。俺は、朝倉様にそんな風に思われるようなことは、何も……」

「俺は、『初会』の折りに、君が自家の責任は自分が果たさなければと一生懸命話しているのを見て、惹《ひ》かれた。君は自分が考えているより、ずっと気性が激しくて責任感が強いんじゃないかな」

朝倉は、じっと水帆の目を見詰めている。

「いつも思い詰めたみたいな表情をして、君には不思議に危うい色気がある。何より先日、俺の座敷に突然飛び込んで来た君は本当に可愛かった。打掛けの裾を閃《ひらめ》かせて、まるで蝶々が舞い込んで来たみたいで見惚れたな。速水が結婚するのかって夢中で尋ねる君の表情は切実で、一途で、俺を一瞬で悩殺した」

一佳の結婚を知って取り乱す水帆の姿に、朝倉は惹かれたのだという。

「白牡丹や見世にはもう話はつけてある。廓の仕来りを守らないのは、情けなくも野暮といえば野暮ではあるけれど、人生で何度とない恋愛くらい、野暮の骨頂で足掻いてみてもいいかと思った次第だ。揚羽。俺の身請けを受けなさい」

さり気なく命令口調で言われ、水帆はどきりとした。一佳を慕い続けた水帆は、年上の男からそんな風に強く促されると抗いきれない何かを感じてしまう。

「雨宮元伯爵家が作った借金はすべてこの俺が請け負おう。君はこの見世を出、俺のものになる」

水帆はじっと押し黙っていた。

あまりに急な話で、諾否《だくひ》をすぐに決められるはずもなかった。

「可哀想だけど、どんなに待っても、速水が君を許すことはないと思うよ」

水帆ははっと顔を上げる。

「速水はあまり、自分のことを話そうとしないし、親友が語りたがらない過去を暴くような無粋な真似もする気はなかったんだけど、君の心が動かせるなら、全部教えてあげようか。あいつのお母さんは君のお家《うち》に長くつとめをしていたようだね」

「雨宮の家で、おつとめを？」

水帆は咄嗟に小さな頃の記憶を手繰った。

「いいえ、俺が憶えている限りですが、篠井《しのい》…速水様の旧姓ですが、篠井という女中が屋敷にいた記憶は……」

水帆はそこではっと息を飲んだ。つとめという言葉が、単に女中仕事だけを指すとは限らない。まさかという思いで朝倉を見ると、彼は鷹揚《おうよう》に頷く。

「そういうことだ。速水のお母さんは、大っぴらには出来ない形で雨宮家に仕えていた。つまり君の父上の妾《めかけ》だったんだ。早くにご主人を亡くして、料亭で働きながら女手一つで速水を育てていたのを、君の父上がかなり強引な方法で囲い込んだらしい。同時に、速水は雨宮の家で君の世話係として働くようになった」

だが、一佳の母親はかなり体が弱い人だったらしい。不本意な形で妾になって、心体をいっそう弱め、長患いを始めて、その途端に雨宮家を放り出された。

病人を養うのは気味が悪い、どこぞの平民が野垂れ死にするのに雨宮家が関《かか》わりを持つべきではない。父にそう言ったのが水帆の母だ。

「速水は自分のお母さんを養うために、雨宮家を出ることが出来なかった。自分の給金のほとんどをお母さんの入院費にあてていたらしい。だけど結局回復しないまま、速水が十七歳の時に亡くなった。子供の速水では葬儀もろくろく出せず、君のお父さんに、せめて墓標の一つでも与えて欲しいと頼んだらしいが、嫡男の世話係風情が生意気を言うなとすげなく断られたそうだ」

水帆は以前、一佳から聞いた言葉を思い出していた。

どうして突然雨宮家から姿を消したのかと問うた水帆に、一佳はこう答えたのだ。

——あのまま母子ともども華族様のおもちゃになるつもりは、俺にはなかったからだ。

あれは、水帆の父の仕打ちを指していたのだ。

「たったの十七歳で、あいつは自分の無力をどれほど呪《のろ》っただろう。または、君の父上や母上をどれほど怨んだろうね。あいつの傍でいつでもにこにこと笑っている君がなんて無邪気に、憎らしく思えたろうね」

いつも穏やかに、水帆を見下ろしていた一佳の眼差しを思い出す。

朝倉は淡々と話し続ける。

出奔する前夜。あの嵐の夜、一佳は水帆の首に手をかけ、苦渋の表情を見せてすすり泣いていた。

十七歳の少年には見合わない、あまりに切ない慟哭《どうこく》だった。

「ついにお母さんを亡くしたその時、速水はとうとう今の養親の元へ走った。自分の名を捨て、必ず立身出世を果たして雨宮伯爵を見返す。そう誓って、過去の自分を捨てたんだ」

捨てられた過去が水帆だ。

捨てられても、仕方がなかった。一佳が唯一の肉親を失い、その墓標すら立ててやれない絶望を味わった時、水帆はただ彼に、満たされた笑顔ばかりを向けていたのだ。

何も知らない、ということは罪だ。無知で幸福だったことが水帆の罪であり、一佳に七年間も放置されたことはその罰だ。

「俺と一緒においで、揚羽。俺はこんな風に君を泣かせたりしない」

水帆は声も出せずに、静かに涙していた。

「君はたった一人、俺だけを見て生きるんだ。ずいぶん惨いことを言ってるように聞こえるかもしれないけど、それは意外に幸福なことなんじゃないかと俺は思う。何故なら、俺は君をとても好きだからね。こんな形であれ、出会えたことが有り難く思える」

朝倉に指を取られた。思わず腕を退けようとしたが、意外なほどの強さで引き止められる。

「必ず幸せにする。約束するよ」

朝倉の手のひらは、とても暖かい。暖かくて、心地よくて、どうしても拒むことが出来ない。次から次に滴り落ちる水帆の涙は、朝倉の指で拭われた。

水帆は自分の心を思った。まだ一佳を慕う自分の心を思った。

一佳は結婚し、速水家での地位を確立する。野望を達成すれば、雨宮家の末裔である水帆になど一切興味を失くすだろう。

水帆の恋心が叶うことなど有り得ない。

決して叶わない、報われない恋を一人で抱えているのはもう、あまりにも苦しかった。


春が近付いているのだろうか。夕暮れから降り出した雪は、いつの間にか氷雨《ひさめ》に変わっていた。

水帆は露台《ろだい》に腰かけて、雨に濡れる花街を見下ろしている。火鉢に火を入れに来た禿が、そこは冷えるので中に入りなんし、と声をかけてくれたが、水帆は黙ってかぶりを振った。

そろそろ廓は、見世の支度で慌しくなる。

しかしここ数日、水帆は張り見世に出ていない。朝倉に、身請けの返事を出すまでは務めはしないで欲しいと言われているからだ。彼は毎日、登楼して水帆と座敷を持ち、世間話だけをして帰って行く。その内容はいつでも面白おかしく、水帆は堪らず笑ってしまう。

水帆が笑うのを見ると、朝倉は少し安堵《あんど》したような顔をする。

彼は、本気で水帆を好いてくれているらしい。本気で身請けをするつもりなのだ。

水帆はどうしたらいいのか分からなかった。朝倉のことは決して嫌いではない。屈託がなく、明るい彼が傍にいてくれることは、むしろ今の水帆にとっては大きな救いだ。

この廓に残って、色子として務めていくのも、やはりつらい。

この廓に残る以上は、一人の客に繋がれるだけではすまない。色んな男と褥を共にしなくてはならないのだ。それを仕事だと割り切るには、まだ長い時間がかかりそうだった。

その時、水帆はすぐ真下の路地に、人影を見つけた。氷雨の中に佇《たたず》む長身を見て、窓から身を乗り出す。

「お兄ちゃん……………？」

まさかと思ったが、幻ではなかった。こちらを見上げる端整な美貌は、間違いなく、水帆が脳裏に描いていたものだった。

「お兄ちゃん！　お兄ちゃん……………！」

「馬鹿、お前、そんな裸足《はだし》で」

裸足のまま、玄関を抜け出して、泥に汚れるのも気に留めず、水帆は見世の裏道にいた一佳の体に無我夢中で飛び付いた。いつからか気付かなかったが、この氷雨の中、傘も差さずに一佳はしばらくここに立っていたようだ。掴んだ外套《がいとう》が、酷く濡れて冷えていた。

「いつからここにいたの？　どうしてここにいるの」

雨はすぐに水帆の体を濡らした。冷たい雫をお互い髪から滴らせ、間近に向かい合う。

「お兄ちゃん……結婚、するの？」

漆黒の瞳が、無表情に水帆を見下ろしていた。

「お兄ちゃんは、七年間も放り出しておいて、また俺の前からいなくなるの？」

「そうだよ」

「結婚して、お嫁さんをもらって、外国に行って…そうしたらもうここには来てくれなくなる？」

「そうかもしれないな」

「それが、お兄ちゃんの復讐なの？　俺に優しくして、突き放して、七年前と同じことをするの？」

雨宮家の人間に打撃を与え、取り乱させ、取り縋らせる。無理やり体を開かれ、散々陵辱されて、彼を慕う気持ちすら、思うままに弄ばれて。

水帆は心をぼろぼろにしていたけれど、それでも一佳を怨むことが出来なかった。むしろ、そうまでしなければ救われない彼の心境を思い、やるせなさを感じた。

「お兄ちゃん、俺、ずっと何も知らないでいて、ごめんね」

水帆は必死で、大好きなその人を腕に抱き締めた。

細い腕で、まだ大人になりきれない小さな手のひらで、大好きな一佳を冷たい雨から守ろうとした。

「俺はいっつもお兄ちゃんのことを好きって言ってたのに、お兄ちゃんのお母さんが大変だったことや、お兄ちゃんがつらいことも、苦しいことも、何も気付かなくて本当にごめんね。ずっと傍にいたのに、何もしてあげられなくてごめん、ごめんね……」

養親の人柄や出世の能力に恵まれていたとはいえ、新興財閥の跡取りとなる今の立場に這い上がるのは並大抵の努力ではなかっただろう。朝倉のように親しく付き合う友人もいるようだけれど、この七年間、水帆には想像もつかない艱難辛苦《かんなんしんく》があったに違いない。

それこそ「黒い商人」「死神」と呼ばれ、命を狙われるほどの重責を負って、大怪我をして。それでも立身出世の道から下りることなく成り上がってきたのだ。

何もかも、水帆の父親が非道な真似をしなければ、雨宮家に係《かか》わらなければ味わわなくて済む苦労だった。

「ごめんなさい。でも、俺がお兄ちゃんのことを好きでいるのは、どうか許して下さい」

水帆がもう、一佳のすべてを知っていることを悟ったのだろう。

どうして一佳が雨宮家をそれほど憎んでいたのか、水帆はもう知っている。

「前に約束したよね？　もしかしたら、いつかまた、きっと会えるって信じててもいい？」

一佳は押し黙っている。氷雨の中、彼を見上げたが、何も答えてくれない。

多分、もう会えないのだろう。一佳は速水家の嫡男として結婚する。そして妻を連れて外国へ行く。

立身出世を果たせば、雨宮家に対する報復も終わる。水帆になど構う理由は、もう何一つない。

雨はやがて真っ白な雪に成り代わった。

純白が眩しいように、一佳が目を眇める。

後から後から落ちてくる欠片は、まるで薄い紗《しゃ》のように、一佳と水帆を遠ざけてしまう。

「いつかまた会えるって思っててもいい？」

水帆は必死に、一佳の顔を見上げた。

報われることがなくとも構わない。それでも今はただ、言葉が欲しい。いつかまた一佳に会える。決して叶わない願いであっても、この先生きていくために、そのささやかな希望が必要だった。

「いいって言って。最後にそれくらい言ってよ」

一佳は返事をしなかった。外套を摑む水帆を振り払うでもなく、けれど確実に別の場所を選ぶ強さで、一佳は踵を返した。

水帆は裸足の足で、冷えた路地を数歩、駆けた。

「お兄ちゃん！　俺はずっと好きだから！　ずっと忘れないから……！」

振り返ってくれるはずもなかった。

それでもこの愛《いと》しい人の後ろ姿を見詰めながら、いつか、過って片羽を傷めてしまった揚羽蝶のことを思い出していた。

可哀想なことをしたと今でも思う。

それでも、片一方だけでもいいから、羽が欲しいなと水帆は思った。

もしも羽があったら、いますぐ一生懸命に一佳を追いかけて、そうしてどんなに嫌われて、追い払われても、死ぬまでずっと一緒にいるのに。

名前ばかり揚羽と言っても、どこにも飛べない水帆は、ただ大好きなその人の背中が、降り頻《しき》る雪の向こうに消えていくのを見送るしかなかった。


水帆は行李の前に座り、荷物の整理をしていた。

窓の外には薄蒼《うすあお》い夕闇《ゆうやみ》が落ちていた。

初めてこの廓に来た時、いつここから出られるのだろうかと、それればかり考えていた気がする。

あれは確か、この冬の始まりだ。

色を売るという言葉に戦《おのの》き、いっそ死んでしまいたいとも思った。

そうして今、冬の終わりに水帆はこの街を立ち去ろうとしている。

朝倉に身請けされることを、水帆は決めてしまった。

朝倉はたいそう喜んで、これからの水帆の生活が何不自由なく、幸福なものになるよう尽力すると言葉を重ねてくれた。

身請けされる時は、他の客から贈られた衣装や飾り道具はすべて捨てて来るのが仕来りなのだそうだ。一佳から貰《もら》った物はすべて櫻花廓の色子たちに引き取ってもらうことにした。

仲良くしてはもらえなかったし、酷い意地悪もされた。けれども、それでも同じ屋根の下で一緒に暮らしてきたのだ。最後の最後で、水帆の形見として引き取ってもらえたら嬉しい。

襖がぱん、と勢いよく開かれる。

「よ。荷造りの塩梅はいかが」

翡翠が元気よく、顔を出した。

「翡翠さん……」

「朝倉の身請けを呑んだらしいな」

水帆はしばらく黙って、それから頷いた。

「無理はしてないか？　どうしても嫌なら、俺も同席するから朝倉ともう一度話し合ってみるといい」

「お話は、もう何度もしたんです。もうこれ以上、お待たせすることも出来ないです」

「それでもいいのか？　お前、今でも速水のことが好きなんだろう」

呆気なく言い当てられて、水帆は目を伏せた。

「身請けされて囲われる以上、お前はそれなりの務めを果たさないといけない。朝倉におかしな期待をしてるならやめておけよ」

一佳と朝倉とは親友同士だ。もしかしたら、朝倉が一佳と会う時に、同行してもいいと言ってくれるかもしれない。そうでなくとも、朝倉の傍にいたら、一佳と再会出来る確率がずっと高くなる。

そんな打算があることを、翡翠はもちろん、朝倉にも見抜かれている。

朝倉はそれでも構わないと言ってくれた。一佳を思っていることなど、百も承知だ。でもそれでいい。叶わない恋の痛手ごと、彼は水帆を請け出すつもりでいると、そう言ってくれた。

そこまで言ってくれる朝倉とならば、新しい生活を送れるのではないかと思った。

もちろん努力も必要だ。水帆の身請けのために、莫大な花代を支払ってくれた朝倉のために、誠実に、一生懸命、幸福になる努力をしたいと思う。

「翡翠さん。俺、翡翠さんに聞いてみたいことがあるんです」

「んー？」

「翡翠さんが、身請けをされた時は、どんな風でした？」

そう尋ねると、翡翠は唇を噤《つぐ》む。琥珀色の瞳が不思議そうに水帆を見詰めている。

「身請けされてこの廓を出られる時、嬉しかったですか？　翡翠さんはあまりご自分のことをお話しにならないから。ずっと気になっていたんです」

「せっかく自由になったのに、わざわざ廓に舞い戻ってくるバカもいたもんだって？」

「そ、そんなことは思ってないです。ただ、他の方のお話も聞いてみたいと思っただけです」

翡翠は肩を竦め、水帆の額をこつんと小突いた。

「バーカ。お前と俺は立場が違うだろうが。俺は数多《あまた》とある身請けの話を散々断った後に、選びに選んだ人に請け出されたんだよ。他に選択肢もなくて朝倉みたいな、いい加減な旦那衆に身請けされたわけじゃない」

だんだん赤面して、早口になっている。翡翠は何故か、ひどくうろたえているのだ。

びっくりしてこっちも赤くなっていると、翡翠はやや乱暴に、肩にかかった髪を払う。この人は、気丈に、高慢に見えて、とても素直で可愛らしいところがあるのではないか。ちょっと生意気にも、水帆はぼんやりとそう思った。

「初めて聞かれたよ、そんなこと……」

真っ赤になったまま、そっぽを向いてしまう。

「嬉しかったよ。だって俺は、幸いにもその人がとても大好きだったからね」

大好きだった。その素朴で、けれど激しい感情を思い出して、水帆も一瞬切なくなる。

「ところがびっくりするくらい早くにその人が亡くなって、いきなり一人で取り残された。酷い話だよ。会いたくても、もう永遠に会えないんだ。だからお前の身の上を知った後、どうしても放っておけなかったよ」

水帆が翡翠と初めて会った時、水帆はどうしても一度だけ会いたい人がいると話したのだ。翡翠が水帆にあれこれと構ってくれたのは、何も昔、翡翠が一佳の敵娼だったからだけではない。

何も知らず大門をくぐり、外の世界に大きな未練を残している水帆が不憫《ふびん》でどうしても放っておけなかったのだ。

「俺が傾城って呼ばれた頃には、櫻花廓に通って大騒ぎする朝倉がいて、その傍で静かに笑ってる速水がいて、俺の禿だった白牡丹がいた。一番楽しかった時間に帰りたくて、俺はこの廓に未練たらしく戻って来る。帰れないって分かってても、帰りたいと思う。でも、思うくらいなら構わないじゃないか。ねえ？」

翡翠がゆっくりとこちらに腕を差し出す。その腕の中に、水帆は抱き締められていた。顔を彼の胸元に伏せ、兄が弟にするように、慈愛に満ちた優しさで髪を撫でてもらう。

何に囚われていたとしても心は自由だ。

心は時を越えて過去にも行き来し、場所を越えて遠くにいる人に触れようとする。いつでも、どんな状況でも、心だけは囚われない。いつでも自由だ。

「一度決めたことなら、お前が迷うことはもう何も言わない。精一杯幸せになるんだよ」


色子の身請けの日取りは、吉凶を占い嘉日《かじつ》をもって決められる。

水帆が請け出しをされる二月半ばのその日は、凶にあたる日付けだったが、朝倉がどうしてもこの日にと言い張った。

まだ残冬の厳しい曇天のその日、水帆は翡翠の手で、大盛装に整えられた。

身請けといえば花街でも大きな行事となるが、今回にあっては特に人出が激しいようだ。

中之町の大通りには何重にも人垣が出来ている。学生の頃から花街で華やかな遊びを繰り返していた侯爵家の御曹司と、没落華族の出で、廓に馴染めず足抜けを繰り返した色子。不思議な組み合わせなのだろう。

水帆が一歩、櫻花廓を出ると、周囲がほうっと賞賛の溜息をつくのが分かった。

今日のためにと朝倉が水帆に与えた衣装は、白絹に濃淡の桜を染め抜き、金糸で蝶の刺《し》繡《しゅう》を施した恐ろしく豪華なものだ。髪は、やはり結うには少し長さが足りなかったので、わざわざ南方から取り寄せた桜の花を飾っている。

傍を駆け回る禿たちは、むしった花びらを籠に盛り、水帆の行く道に散らしていく。

水帆の見世への借金、三日間にわたる大宴会に惣仕舞《そうじま》い、花街中の廓への祝儀、その法外な支払いは、朝倉が一切を請け負っている。

大門の前に横付けになった黒塗りの車にもたれ、朝倉は水帆を待ってくれていた。

人々の注目を、花びらを浴び、水帆は自分を身請けするその人と対峙《たいじ》する。

朝倉は手を差し伸べ、車に水帆を促す。舞い散る花びらを見上げ、とうとう水帆は大門を越えた。一瞬、空恐ろしい気持ちになった。

これで本当によかったのだろうか。この選択を後悔することはないだろうか。

せめて最後に一目、一佳に会えるような、そんな方法はなかっただろうか。

後部座席に乗るために足を屈め、水帆は無意識に、周囲を見回した。

「速水なら、来ないよ」

水帆の後から乗車した朝倉は、何でもない素振りで水帆に告げる。運転手に車を出すよう命じた。

「今日は婚約者のご令嬢と梅の花を見に京都に出かけてる。ただの物見遊山じゃない。両家の思惑があってね、結婚前の二人は、天候不良のせいで道路が断たれて、あちらの宿屋に一晩閉じ込められるということらしい」

政略結婚にはままあることだ。婚約したら、結婚式を待たずにいち早く既成事実を作っておく。心は後からついて来たらいい。ついて来なくてもいい。

水帆は京都という街に行ったことがない。見知らぬ街を歩く、一佳と美しい女性のことを思った。

「あいつが身動きできないと分かっていたから、吉凶を一切無視で今日を君の身請けの日に選んだ。君の晴れの日だから、せめて嘉日を選んでやれと翡翠は激怒してたけど、仕方がない」

長い足を組んで、肩を竦める。水帆は無表情で、無言でいた。

覚悟は決めたのに、上手く笑えずにいる水帆の気持ちを解きほぐすように、朝倉は楽しい話を聞かせてくれる。

「君の住まいにはとても素敵な場所を用意してあるよ。小ぢんまりとしているが数奇屋《すきや》風の実に粋な佇まいでね。奥まったところには洋風の部屋もある。日当たりがいいから、猫でも飼うといい」

朝倉はまるで新妻でも迎えるようにうきうきとしている。水帆のことを好きだと言ってくれる、彼の言葉は真実なのだ。

緊張している水帆の髪に触れ、そっと肩に抱き寄せる。宴会や廓内の儀式などで、水帆が疲れ気味でいることに気付いたようだ。

「少し長旅になる。眠っていてもいいよ」

車はゆっくりと、大門から遠ざかる。少し振り返れば、その威容がわずかに見えた。

車が走る道は滑らかに舗装されていて、左右には古い街並みが広がっている。降雨の気配は重く暗く漂い、人気《ひとけ》は少なかった。

水帆は静かに目を伏せた。

「住まいに何か用意させておこうか。もちろん祝宴のご馳走《ちそう》は作らせてるけど、食べたいものが何かあるか？」

「………飴湯を」

「飴湯？　そんなものでいいのか？」

水帆が頷くと、朝倉は分かった、と微笑んだようだ。

「先に文を走らせておこう。どんぶりに何杯でも用意させておくよ」

一佳が買ってくれた一杯の飴湯。

もう戻ることのない、あの花街での記憶。うたかたのように、様々な思いが浮かんでは消える。

そうして次に目を開けたら、新生活が始まる。ただ朝倉の傍にいるだけの生活。

あの人への思いを心の片隅に大切に住まわせて、水帆は別の男のものになる。

その時、水帆は息を飲んだ。車が突然、急停車したからだ。ふわっと前のめりになった水帆の体を朝倉が腰を抱いて留める。朝倉が身を乗り出し、運転手に尋ねた。

「――どうした?」

「は、前方に人影が……」

朝倉がはっと息を飲むのが分かった。冬の終わりの最後の寒気に、空気は白く煙っている。前方に黒い外套を着た、長身の男が立っていた。水帆はただ呆然としていた。こんなことは有り得ない。そう思った。朝倉が俄《にわ》かに緊張した表情を見せる。

「君は出るな。そこにいなさい」

朝倉は自分で車のドアを開けると、続いて急いで車を下りようとする水帆を押し留める。水帆は無我夢中で窓に顔を寄せる。長身の二人が、窓の向こうで真正面から対峙していた。

「身請けの祝いを言いに来てくれたわけじゃないみたいだな」

こんな緊迫した状況で、煙草《たばこ》に火をつけながら話す朝倉の口調はごくのんびりとしたものだった。

一佳も悠然《ゆうぜん》と構えている。どうしてここにいるのだろう。ここにいるはずがない。いるとしたら大変な責務を放り出して来ているはずなのに、表情はいつもながらの淡々としたものだ。

「物見遊山はどうした？　京都にご両親や公爵令嬢を連れて出かけているはずじゃなかったのか」

「知らん。一行を放ってこちらに戻った」

「揚羽――水帆を連れて行くためにか」

一佳は黙っている。黒い外套を着ているからだろうか。一佳が纏う空気はどこか禍々《まがまが》しく、御曹司と、その命を狙う刺客《しかく》というようにも見えた。

「やめておけよ、速水」

朝倉はごく鷹揚な様子で一佳の肩を叩いた。

「お前が速水家に入って何年になるんだ？　今までご養親《りょうしん》とも上手くやってきたじゃないか。お前は、雨宮伯爵を見返すつもりで今の立場まで這い上がってきたんだろう。その成果をここで全部覆すつもりか？」

「そうなっても、仕方がないな」

「お前はそれほど馬鹿じゃないさ。確かに俺は、お前から掠め取るみたいにあの子を身請けする」

煙草の吸い口で車を指し、悪びれない口調でそう言いのけた。

「だが、囲い切って閉じこめるつもりはない。あの子が望めば、学問を与えて自由に外に出すつもりでいる。お前も昔のよしみで、たまには顔を見てもらってもいいだろう。お前はお前で、公爵令嬢と上手くやれよ。相手はたいそうな美女と聞いてる」

「それは、もう出来ないんだ」

「そうか。だが、だからと言って簡単にあの子の手を離してやれるほど、俺も気前がよくない。俺は俺で、なかなかこの恋に真剣なんだ」

二人の口調はお互いに譲らないと決めている強さがあった。

ちょっとした契機で決闘にでもなりかねない。殺伐《さつばつ》とした、一触即発の雰囲気だ。

「お前がこれを身請けすると聞いたから、俺の過去ごと全部、お前に託すつもりだった。俺はもう引き返せない。七年の間、自分が成り上がるそのためだけに、山ほどの人間を傷つけて、罪を犯した。俺はその罪に縛られてる。それをすべて放り投げて、ここで逃げ出すことは出来ない。そう思った」

「ふうん。それがどうして、こんな盗賊めいた真似をするつもりになったんだ」

後部座席にいる水帆は、はらはらしながら、辛うじて聞こえる二人の会話に聞き入っていた。

彼らの動向が気になって、運転席にいる運転手の行動が、水帆には見えていなかった。

風の流れで、運転手には一佳らの会話が一切聞き取れていなかったらしい。彼が運転席のダッシュ・ボードを開いて、何かを取り出したことに水帆はまるで気付かなかった。

「つまらないことだと自分でも思うよ。だが、春が早い西の方角に出かけたのが、運のつきだった。あっちはもう、梅や菜の花が咲いてたんだ」

その眼差しは、久方ぶりに見る優しいものだった。

「そこに蝶々が飛んでた。鈍い青が綺麗な揚羽蝶だ。俺は昔、揚羽蝶を欲しがって捕まえようとした子供のことしか、考えられなくなった。その子は過って蝶の片羽を傷めて、可哀想なことをしたと泣いたんだ」

一佳がこちらに目を向けた。水帆は小さく頷いた。水帆も憶えている。一佳も、憶えていてくれた。

「ずっと一緒にいてやるっていう約束を反故《ほご》にして、七年間、憎まれてると思ったのに、お前は俺を慕い続けてた。蝶々のために涙を零した優しい気持ちのまま、七年も俺を許し続けたお前は、この先いつになったら俺を憎んでくれる？」

そんな日は、永久に来ない。一佳がどんなに水帆を虐げても、水帆は一佳が好きだ。

吹き渡る北風にもかき消されない、確かな強さで水帆は胸の中で呟く。水帆は自ら扉を開け、車の外に出た。

「水帆、おいで。俺は、もう何を捨ててもいい」

目の前がぼやけていく。水帆は震えるほどの喜びを感じた。今、目の前で水帆に微笑みかけているのは、七年前と同じ——七年離れていても、どれほど惨い真似をされても、それでも恋しさばかりが募る、水帆の恋の相手だった。

こちらに差し伸べられた手。水帆は目を見開き、ただその手を取ろうとした。

視界の片隅で、運転席の扉が開いたのを見た気がする。瞬間、周囲に銃声が轟《とどろ》いた。

こちらに差し伸べられた手が退き、目の前で一佳が膝を折った。

振り返ると、いつの間にか車外に出ていた運転手が、震える手で拳銃を握り締めている。

銃口からは紫煙が立ち昇っていた。

緊迫した一佳と朝倉の雰囲気に、主人である朝倉が暴漢に襲われているものと勘違いしたのだ。その指はまだ引き金にかかっている。

「よせ、揚羽!!」

朝倉に制止されたが、水帆は何の躊躇いもなく一佳の前に立ち塞がった。両手を開いて一佳を庇《かば》う。もう誰にも一佳を傷つけさせたりしない。ここで死んでもいい。

一佳をつらい目に遭わせることに比べたら、銃など少しも恐ろしくはなかった。

蒼白になった運転手がうめき声を上げた。朝倉がその手首を払い、銃を取り上げる。

水帆は一佳の顔を覗きこんだ。手のひらで、右腕を押さえている。その指は血に汚れていた。

「……………お兄ちゃん!」

「騒ぐな。弾が掠めただけだ。お前は？　怪我は…怪我はないな？」

水帆が頷くと、一佳はほっとした表情を見せる。血塗れの手が水帆の腰を奪った。一佳は立ち上がると手際よく帯締めを外し、口と左手を使って止血する。傷ついた人に寄り添いながら、水帆は傍にいる朝倉を見上げた。

「朝倉様……」

「君は、どうしたい？」

問いかけられて、水帆は言葉を失った。

朝倉には感謝している。さっきの一佳とのやりとりを聞いて、朝倉が本当に水帆を大切にしようと考えてくれていたことが、よく分かった。

でも駄目だった。水帆は今、目の前に立つ、七年慕った一佳の元へ帰りたかった。帰れないなら銃弾に撃たれて死んでもよかった。その方が幸せだった。

「ごめんなさい」

水帆は精一杯の真心を込め、頭を下げた。

上手く言葉に出来なくとも、心はもう決まっていた。

「朝倉様、ごめんなさい……俺を速水様のもとへ行かせて下さい」

その言葉は、一佳への謝罪でもあった。自分は何一つ変わっていない。

綺麗だからと蝶の薄い羽を傷つけた、子供の頃と変わらない。一佳に連れられて行くということは、一佳が掴みかけた栄光を棄《す》てさせることを意味している。それでも一佳から離れたくないと思う、頑是《がんぜ》ない自分がいる。

一佳が水帆を抱きすくめる。着物の裾が翻り、蝶々が花に寄せられるように、一佳の胸にしがみ付いた。朝倉が重々しく溜息をつく。

「連れて行けよ。俺は正当な方法でこの子を請け出した。見世からの追っ手がかかることはない。問題があれば、俺の方でいいように片付けておく」

一佳はすぐ向こうの角に停めてあった自分の車に水帆を誘《いざな》う。ハンドルは自分で握った。朝倉が、見送りにと付いて来る。

「朝倉」

朝倉が、何だと運転席を覗き込む。一佳は、前を向いたままぼそりと呟いた。

「――悪いな」

「いいさ。一度でいいから、お前が無我夢中になる有り様を見てみたいって前に話したろ。だが、速水のご両親がお前を簡単に許して手放すとは思えない。これからが大変だぞ」

軽やかに一佳をからかう朝倉の横顔を見上げ、水帆は、ふと思った。

もしかしたら朝倉は、こうなることを最初から計っていたのではないだろうか。

一佳が養親や婚約者を伴い京都へ出かける日にわざわざ水帆を請け出そうとしたのは、将来と水帆のどちらかを選ばせるためだったのかもしれない。

ぎりぎりの間際まで追い詰めて、それでも何もかもを振り切って、もしも一佳が水帆を攫いに来たのなら。

最初から、水帆をくれてやるつもりでいたのかもしれない。放蕩者で知られている朝倉ならともかく、速水一佳が直接、色子を請け出したとなったら大騒ぎになる。友人の立場を慮《おもんぱか》って、自分があえて、悪者役を引き受けたのではないか。そう思うのは、あまりに能天気すぎるだろうか。

一佳は来ない。日当たりのいい家で、猫を飼って暮らすといい。

水帆にそう言って聞かせた彼の言葉の、どこまでが本当で嘘なのだろう。

朝倉を見詰めていると、彼はこちらに目を向ける。

悪戯好きの彼が、一瞬、切なそうに目を細めるのを水帆は見た。それでも何かを断ち切るように、いつもの明るい笑顔を見せてくれる。

「ひたむきな君が、俺もとても好きだったよ。次に会う時まで必ず元気でいなさい。可愛い蝶々」

水帆は固く頷いた。一佳が車を発進させる。

窓から身を乗り出して、何度も何度も振り返る。朝倉はその姿が見えなくなる最後まで、こちらを見送ってくれていた。

一佳が車で連れて来てくれた場所に、水帆はたいそう驚いた。

そこは水帆が暮らしていた旧雨宮伯爵邸だったからだ。

朝倉に屋敷の現在を聞いた時、誰かに買い取られて修繕をされているようだと話してくれたが、その誰か、とは一佳のことだったらしい。つい先日、修繕を終えたとのことだった。

借金取りが毎日のように襲来していた時に家財や建物が痛めつけられたせいか、修繕もかなり大掛かりなものだったようで、調度もすべて取り替えられている。

一佳は居間が過ごしやすいよう、調度にかけられていた布をすべてはがし、カーテンを開き、暖炉に火を入れてくれた。水帆は着ていた衣装をすべて脱いで、用意してあった男物の単衣《ひとえ》に着替えた。

絹の重みがなく、久々に体が楽だ。

一佳は上着とベストを脱ぎ、熱い紅茶を運んで来てくれる。速水家というのはかなり進歩的な家風らしく、男子も家事が出来て然《しか》るべきとされているそうだ。

銃弾がかすめた一佳の傷は幸い大きなものではなく、屋敷に備えられていた救急箱に入った包帯などだけで処置をすることが出来た。

「もしかしたらもう二度と、会えないのかもしれないって思ってた」

水帆は一佳が腰掛けたソファのすぐ足元に小さくなって座り込んでいる。

「速水様は……来て下さらないんだと思ってました。速水様は、綺麗な女の人と結婚して外国に行って、次に会えるとしたら、何年後なのかなって」

一佳の大きな手のひらが、涙ぐむ水帆の後頭部を撫でた。

「水帆、もういいんだ。速水様、と呼ばなくていい。もうそんな関係じゃない」

廓での習慣で、つい速水様、と呼ぶ水帆に、一佳はそう言った。もう客と色子の関係ではない。

水帆が無邪気で幸福だった、昔の関係に戻ったのだと、はっきりと伝えてくれる。

嬉しくて、水帆は涙を一滴、零した。照れ隠しで、両手に持ったティーカップから熱い紅茶をすする。砂糖をたくさん溶かした甘い紅茶だ。

「俺が、あのままお前を迎えに行かなくても、それでよかったか？」

「お兄ちゃん、が、幸せになるんだったら、それでもよかった」

一佳は笑って水帆の頭を抱き寄せた。

水帆は飼われ始めたばかりの仔猫のように、おずおずと一佳の胸に頬を擦り付ける。窓の外で、風がひゅうひゅうと唸《うな》る音が聞こえている。春の訪れを示す嵐が来ているらしい。

季節は違うけれど、一佳が七年前に姿を消したのも、こんな嵐の夜だった。

水帆はふと、不安になった。一佳の将来についてだ。一佳と一緒にいられるなら、もちろん水帆はそれだけで幸せだ。家名も財産も、何もいらない。だけど、一佳はそれでも幸せなんだろうか。

財閥の総帥《そうすい》という立場が、もう少しで確実なものになるはずだったのに。

「俺の養父には、お前のことはもう話してある」

水帆の心を読んだように、一佳がそう言った。

「これまで育ててもらった恩を仇《あだ》で返すようで心苦しいが、たとえ政略上の形式的なものであったとしても、俺は生涯結婚はしない。結婚が避けられないなら、俺は速水の家を出て、お前を連れて外国に行く。外国で事業を始めるくらいの蓄えと度量はあるよ」

養父はかなり発展的な人だから、認めてくれる可能性は多少なりともある。そう言って笑いかける。水帆は信じがたい気持ちで一佳を見詰めていた。

「もしもお前を傍に置いて生きることを、速水の家が許してくれるなら、俺は生涯をかけて速水家の繁栄のために心身を尽くそうと思う。『黒い商人』と呼ばれるような事業をしなくても、速水家に係わる誰もが幸福になる、そんな道を必ず見つけてみせる」

水帆の不安や罪悪感を打ち消すように、一佳は水帆の目を見詰めたまま、そう言ってくれた。

力強く前向きな、前途洋々たる男の瞳だった。

明るい未来を示してくれるなら、水帆は出来れば、過去のことも質《ただ》しておきたかった。

「七年前に、お兄ちゃんがいなくなった本当の理由は、お母さんのことがあったから？」

「朝倉から聞いたか？」

「うん……」

「まったく、あいつは本当に口の軽い……」

溜息をつきながら長い足を組んだ。重ねて悪口を言わないのは、水帆の身柄を手渡してくれた友人に、心から感謝をしているからだろう。

「俺の実母は、大人しい人だったけど、綺麗で優しくて、働き者だった。俺には唯一の肉親だった。俺の実父が亡くなってからは、料亭の下働きをして、親子二人、貧しいけど仲良く生活してた。ところが突然、雨宮伯爵に見初《みそ》められて強引に囲われたんだ」

同時に一佳が雨宮家の使用人として使われるようになった。

雨宮家の一人息子の世話係と言えば聞こえがいいが、一佳の母親からは、自分の子供を人質にとられたも同然だ。雨宮伯爵の強引さに気圧《けお》され、心の塩梅をあっという間に崩してしまった。ちょっとした風邪がきっかけで病《やまい》にかかり、そのうち雨宮伯爵の足も遠のいた。

そうして打ち捨てられたのだ。一佳は一月に一度、粗末な病院に入院した母親に顔を見せに行っていたが、結局彼女はそのまま亡くなってしまった。

病気でどこぞで死んだ女など、雨宮家とは無関係だと主張したのは水帆の母親だった。

「それが華族というものなのかもしれない。特権階級の意識があれば、平民なんて虫けらも同然なんだろう。だけど俺は悔しかった。お前の両親だと思っても、人をあんな風にいい加減に弄ぶ奴らをどうしても見返してやりたかった」

テーブルに肘をつくと、組んだ指を額に添える。その漆黒の瞳には当時の憤りや、やるせなさがはっきりと浮かんでいた。

「それから、怖かったよ。お前がいずれ、俺から離れていく日が来るのが。平民の俺は、どんなにお前が可愛くても、いずれ遠くから見ているしかなくなる。それが耐え難くて、同時に、何不自由なく暮らすお前が、俺には羨《うらや》ましくてならなかったんだと思う。お前の傍にいるのが、つらかった」

華族への激しい憎悪のあまり、伯爵家の一員である幼い水帆の首に手をかけさえした。しかし、ずっと面倒を見、可愛がってきた水帆を縊《くび》ることは出来ず、それでも華族への憎しみも晴れることはない。

激情は制御ならず、そうして、あの夏の、嵐の夜、一佳はとうとう雨宮家を出奔したのだ。

「雨宮家をお前ごと捨てた俺を、お前は憎んでるだろうと思ってた。お前だって決して両親の愛情に恵まれてたわけじゃない。それなのに何も言わずに姿を消した俺をきっと憎んでるだろう。憎まれてると信じたから、俺は七年の間、お前と離れていられた」

だが違った。

水帆は七年経っても、華族である自分の家族より、自分自身のことより、初恋を抱いた一佳のことばかり考えていた。一佳がきっと帰って来てくれると信じ続けていた。

「再会した時、お前はまだ俺を信じて、純真な心を持ったままだった。自分の七年を後悔させる、お前の無垢《むく》は俺には何よりの脅威だった。忘れられるか、憎まれている方が、まだずっとよかったな。俺を信用に値すると、七年間お前が待っていてくれたんだと考えると、その方がずっとつらい」

「だから、堕《お》ちて来いって言ってたの？」

「……憶えてたか」

一番初めに、一佳に抱かれた水帆は、失神する直前に一佳がそう囁くのを聞いたのだ。

「俺がお前を堕落に誘おう」。それを憶えていた。

一佳は高みを目指しながら、一方で汚名や怨嗟《えんさ》を被り、心身をどす黒く染め、地に落ちるような気分を味わっていた。だから水帆が彼と同じ場所に堕ちるよう、色子として、水帆を買い続けたのだ。

「翡翠さんは？」

「翡翠？」

「だって、翡翠さんとは、あ…敵娼だったんでしょう。翡翠さんの方がいいって、思わなかった？」

「馬鹿だな、お前は」

いきなりぎゅっと鼻を摘まれる。水帆はずいぶん嫉妬して悩んだのに、一佳が翡翠を敵娼に選んだ理由は思いも寄らないものだった。

「お前と翡翠は、髪の色が同じなんだよ」

それを聞いて、水帆は目を見開く。

「出会った頃は、あいつの髪も今ほど長くなかった。あの髪と目の色を見てたら、お前のことを思い出した。性格は似ても似つかなかったけどな」

そんなことで妬いていたのかとくすくす笑われた。

しかも、一佳はずっと水帆を「封殺」していたというのだ。「封殺」とは見世に莫大な花代を支払い、自分の敵娼に他に客を取らせないことを言うらしい。水帆に一佳以外の客がつかなかったのは、一佳が密かに水帆を封殺していたからだ。

散々お茶挽き、とからかったくせに。一佳自らそんなからくりを作っていたなんて。

そんなことにも気づかなかったのか、と一佳は相変わらず笑っている。

自分が鈍感なんだろうか？　違うと思う。一佳がずるいのだ。

水帆は傍にあったクッションを掴むと、思い切り一佳に投げ付けた。

「ばかばか！　ばかっ!!」

突然暴れ出した水帆に、一佳は驚いた顔をする。

「お兄ちゃんはずるいよ！　いっつも自分で勝手に考えて、勝手に行動して、俺には何も教えてくれない。俺がどんなに心配して、悲しくても、そんなの少しも考えてくれない」

水帆は一佳に飛び掛かった。一佳のシャツとネクタイを引っ張る。ソファの上に押し倒し、その腹の上に乗って抗議する。

一佳はきかん気な仔猫を相手にするように笑っている。

「何で笑ってるんだよ！　ばかあっ！」

「待てよ、水帆」

一佳が怪我をした腕を庇うような仕草をしたので、怪我に障ったのかと水帆は慌てて体を引いた。

ところが、その途端一佳が目を光らせる。手首を取られて、あっという間に体の位置を入れ替えられてしまった。

「馬鹿はお前だな」

「ずるい！　ずるいよっ！」

本気で怒っているうちに、だんだん涙が出てくる。意地悪な一佳に振り回されてばかりいる自分が情けなくなったのだ。捨てられて、待たされて、嫉妬させられて。

水帆がどれくらい一佳のことを好いているか、本当は何も分かってくれていないんじゃないだろうか。

「俺はお兄ちゃんにずっと会いたかった。俺ばっかり必死で、俺ばっかりお兄ちゃんのことが好きでずるい！　お兄ちゃんなんか、俺が朝倉様に身請けされなかったら、俺のこと放りっぱなしにしてたかもしれないじゃないか……！」

第一、あの花街で偶然出会わなかったらどうするつもりだったのだ。

水帆の行方を、ちゃんと探し出してくれるつもりだったのか。

そう一佳に訴えてから、自分の言葉にぐさりと傷ついた。

もしも、一佳が相変わらずの口ぶりで、「放っておいたかもしれない」などと言ったらどうしよう。そう思うと、情けなくも涙が込み上げてくるのだ。

「本当に、お前は馬鹿だな」

一佳はくすくすと笑っている。

「朝倉の身請けがなくても、やっぱり俺は、結婚に踏み切れなかったと思うよ。やっぱりこうして、お前を傍に連れ去ったと思う」

「でも、俺が朝倉様の方がいいって言ったらどうしたの」

「じゃあ、朝倉の家から無理やり攫い出してたかな」

「それでも朝倉様の方がずっと好きだって、俺が言ったら？」

「お前が心変わりするのをずっと待ってるだろうな」

「それでも、ずっと、ずっと朝倉様の方が好きだって言ったら？」

「じゃあずっと、待ち続けるよ。お前が俺を待ってたみたいに」

子供みたいな問答が繰り返される。水帆はただでさえ子供っぽい顔を、涙でぐしゃぐしゃにしている。

「いい気味だろう。次はお前が俺を待たせる番だ。でもそれでいい。お前を愛してる」

強引に抱き締められ、涙で濡れた水帆の頬を唇で拭ってくれる。

それから心から愛しそうに、口づけられた。


二人で一緒に湯を沸かし、交代で風呂に入った。食事も貯蔵庫に備えてあった干し肉や干し野菜を使い、簡単なスープを一佳が厨房で作ってくれた。

「明日、一緒に買出しに行こう。外国の美味い料理をいくつか食べさせてやろう」

腕まくりをして、器用に包丁を使う一佳の様子が珍しく、目を見開いてその一挙一動を見ていた。

七年ぶりに再会したのが花街で、口をきくのも触れ合うのも廓の中だった。一佳のこんな格好を見るのが、水帆には新鮮でならなくて、何だか胸がずっとどきどきしていた。

夜が更けて、寝所は以前客室だった部屋を使うことにした。立派な天蓋《てんがい》のある寝台が置かれた、広い洋室だ。一佳も水帆も、男もののパジャマを着ている。一佳の丈に合わせてあるのか、サイズは少し大きい。

一佳は、すでに寝台に入っていて、葡萄酒《ぶどうしゅ》を飲みながら小説本を読んでいる。

水帆がおずおずと隣に入ると、頭を何度か撫でてくれただけで、また読書を続けている。

羽根枕に顔を埋め、水帆は落ち着かない気持ちだった。

「お兄ちゃん」

「うん？」

「お、お兄ちゃんが結婚するはずだった人って、どんな人だった？」

「おっとりとした、綺麗な人だったよ。せっかくの物見遊山の最中に何も言わずに放り出す失礼をして、本当に悪いことをしたな」

花嫁となるはずだった女性を心から気遣っているようだった。その女性には申し訳ないけれど、水帆は一佳の返事を聞きながら、そわそわ、じりじりとしていた。

「その本、何？　お兄ちゃん何読んでるの？」

「『モンテ・クリスト伯』。昔、好きだったんだ。さっき書庫から持って来た」

「ふうん…」

また、ページをめくる。水帆は落ち着かない気持ちで枕に顔を伏せる。

一佳とは何度も褥を共にしているけれど、こうして何もせずにただ横になっているだけ、というのは初めてのことだ。

いつもだったら、一佳から色んなことをされたのに。けれど、水帆はすぐに納得する。そうか。だってもう、別に客と色子の関係じゃないんだから、閨《ねや》に入ったからといって、体を交わさなくても構わないのだ。

それに、水帆はもう、綺麗な打掛けは着ていない。扇情的な、緋《あか》い襦袢も着ていない。ぶかぶかのパジャマを着ているばかりだ。一佳のおかげで一時より肉付きがよくなったが、相変わらず貧相な、面白味のない体だと思う。一佳には、きっと何の魅力もない体なのだ。

それでも、子供みたいで恥ずかしいけど、ただぎゅっとしてもらって、「おやすみ」と言ってもらうだけでもいいのに。それから、接吻をちょっとだけして欲しい。

だけど、もしもこちらからねだって、色子をしていただけあってやっぱり淫乱だと思われたら嫌だ。

水帆ばっかりが、一佳のことが好きなのだと改めて思う。

だんだん悲しくなって、涙が溢れて、しゃくり上げないよう必死で堪えていると、一佳が耐え切れないように噴き出した。

「まったく、お前は……」

くすくす笑いながら、水帆の腰をさらい、強引に細い体を抱き伏せてしまう。こつんと額をぶつけられ、涙が溜まっていた睫毛《まつげ》の先に唇で触れられた。

「誘い文句の一つも言えないなんて、色子だったら落第生だ」

どうやら、わざと水帆を放り出して、いじけている様子を観察していたらしい。

ひどい、と抗議しようと開いた唇が、一佳のそれと重ねられた。

逃げられないようしっかりと右肩を抑えこまれ、深々と口づけられる。顎を取られて、開かされた口腔に熱い舌が滑り込み、水帆のそれといやらしく絡み合わされる。

「んん…っ」

息が止まるほどの激しい口づけだった。一佳の口腔へと舌を誘われ、その唇で性交を模するようにゆるゆると扱かれると、水帆の腰は、じんと痺れる。

ようやく唇が離れ、一瞬息継ぎが許されたと思ったら、また吐息を奪われる。苦しくて、気持ちが良くて、頭の中が真っ白になった。

「は、はぁ………っ」

「俺を、あまり、気の長い大人だと勘違いするなよ」

パジャマのボタンが素早く外された。シャツの左右を開かれると、水帆の上半身はベッドランプの下に露わになった。ズボンは下着ごと引き抜かれてしまう。

唾液に濡れた唇から、顎先、喉元、鎖骨。一佳の熱い舌がそよぐ。もう、それだけで水帆は堪らなくなって、甘い吐息が漏れるのを我慢できなくなった。

「………は、ふ、っ……」

「お前は可愛い。俺が知ってる誰より綺麗で可愛い。お前がまだ廓に残った方がずっとよかったと後悔するほどめちゃくちゃにしてやりたい。そんな気持ちを抑えこむだけで、正直精一杯だよ」

若く精悍《せいかん》な男の、暴力的なほど猛々《たけだけ》しい欲望を、はっきりと感じる。

水帆がじれったく欲しがっていた、おやすみの接吻なんて、何て生ぬるい、子供っぽい欲求だったのかと思い知らされる。

それでも一佳にこうして思われることはとても幸せだった。

我慢していた涙が、ぽろぽろ零れてしまう。一佳は愛しそうに、頬を滑る涙を、舌先で舐《な》め取ってくれた。

「出来ることなら、俺の全部を許してくれ。お前を愛してる」

手の甲で泣きべその顔を隠し、何度も頷く。

一佳の大きな手のひらが、幸せに鼓動を打つ水帆の胸に添えられる。わき腹を、下から上へと、ゆっくりとなぞられる。その度に、一佳の指の腹が左右の乳首と擦れて、水帆は息を詰める。

「んん……っ」

感じて赤く凝った突起を、一佳は好ましそうにじっと見下ろしていた。

「もう、硬くなってるな」

こりこりと、右側を指先で転がされ、痛いほど充血すると、きゅっと摘まれる。強い刺激に感じすぎて、つい腰を捩らせると、左側は熱い舌先にとろりと舐め上げられた。

「あぁ、う」

感じている声を漏らすと、軽く歯を立てられる。小さな突起なのに、濡らされ、摘まれると、体中に甘い痺れが走る。

もっと過敏で欲しがりな水帆の下肢も、しっかりと反応して、先端の窪《くぼ》みに恥ずかしい蜜《みつ》を溜め始めた。一佳はそこに唇を寄せ、濃厚な愛撫を始める。

「駄目、それ……!」

必死にかぶりを振った。しかし、一佳は水帆の先端の切れ込みに、ぐっと舌を押し入れる。

「あ…っ、あぁ……——、や——っ」

柔らかい粘膜が曝《さら》け出された場所を舌のざらつきで逆立てられ、水帆の目から生理的な涙が零れた。

「暴れるなよ。これはお前への罰だからな」

震える体を仰け反らせ、甘い声を上げ続ける水帆に一佳が言い放つ。

「俺より朝倉を選ぼうとした、…お前への罰だ」

「そんな……っ」

「朝倉にされる方が、良かったか?」

意地悪を言われて、水帆は泣き出したくなった。

だけど、朝倉に身請けされようとした水帆は、確かに一佳を裏切ろうとしたとも言える。それ以前に、一佳にはずいぶん酷いことをされたような覚えがあるのだが、一佳に叱られると、条件反射で水帆の裏切りの方がずっと罪深いような気がしてくるのだ。

「…………あん、…………あぁっ、あ！」

水帆は無抵抗なまま、右足を一佳の肩に担ぎ上げられ、深々と口腔に性器を咥え込まれる。足の間で一佳の黒い頭髪が上下に動くその様が、酷く淫《みだ》らに見えた。くちゅくちゅ、と卑猥《ひわい》な水音が立ち、彼の形のいい唇で扱かれる自分の性器の状態が、脳裏にはっきりと浮かび上がる。

零れ落ちる蜜や、一佳の唾液を使い、やがて水帆の官能の窄まりが探り当てられる。

「やぁ…………っ」

濡れた指はまだきつく強張《こわば》っている窄まりの表面に潤いを与え、性器がまた深く呑《の》まれた瞬間に、少しずつ中に入り込んでくる。

浅い場所を濡らされ、ゆるゆると動かされて、水帆の感じやすい粘膜が寛《くつろ》げられていく。そうして、挿入された指が、とうとう水帆の秘密の凝りに届いた時、水帆は大きく腰を跳ね上げさせた。

「――――あぁんっ！」

「そうだ。ここだったな」

「あっ、あん、待っ……、おにいちゃ……——」

口淫が徐々に激しく、淫らになる。指は二本に増やされ、出し入れの度に、柔らかな器官は内側の感じやすい粘膜を晒《さら》した。そこにまで、一佳は悩ましく舌を這わせる。

水帆は快感にのたうち、紅潮した全身を汗まみれにする。そして一佳の指の腹で、内側の凝りを丸くなぞられた瞬間、水帆はとうとう、一度目の絶頂を極めた。

「や、ぁ……、あぁぁ——……!」

性器の中心を熱い体液が迸《ほとばし》り、溢れ出す強烈な感覚に、水帆は甘い嬌声を上げる。

あまりの快楽に一瞬、意識が途絶えた。ふと我に返った時には、前のボタンを外されていたパジャマをすべて脱がされていた。シーツの上で、無防備な体を横たえている。

そして、自らも衣服を脱ぎ捨てた一佳がその逞《たくま》しい裸体を晒していた。

呼吸を乱している水帆を、一佳はじっと見下ろしている。

すぐ傍に、花の形をしたベッドランプがあるから、水帆の体はあますところなく照らし出されているはずだ。

男としてこんなに美しい体を持つ一佳の前で、水帆はすっかり萎縮《いしゅく》して、小さく体を縮こませる。けれど、一佳は水帆のむき出しになった素肌に、眩しいように目を細め、感慨深そうに呟いた。

「……本当に綺麗になったな」

一佳にとって、水帆はもう世話を焼くべき子供ではない。

それは、愛しい恋人に対しての睦言《むつごと》だった。

そうして水帆を狂おしく抱き締め、何度となく口づけた。

窓の向こうで、風が吹き荒れる音が聞こえる。何もかも奪いつくすような激しい嵐の最中にあって、しかし水帆は恋人との情事に夢中だった。

水帆の足が大きく開かれ、一佳の腰が入り込む。真正面から向き合い、抱き合って、また口づけが繰り返される。水帆の心と体は情熱的に蕩かされていく。

けれど、一佳の先端がひたりと添えられた途端に、水帆は緊張に、つい体を強張らせてしまう。

「あ………」

前回の性交から、やや間が空いているのだ。怖くないとは思っても、縋りつくようにシーツを摑んでしまう。

いつまでも初心でいる水帆に、一佳はひっそりと微笑したようだ。

「水帆、春になったら」

一佳が水帆の耳元に唇を寄せる。水帆は優しい声音に意識を傾けた。

「蝶々を見に行こうか」

楽しい誘いに、単純な水帆は目を開き、うん！　と答えそうになった。その瞬間、とろとろになった蕾が、一気に灼熱に貫かれる。

「あ、やぁ――――――っ！」

水帆の小さな尻と、逞しい腰がぶつかった。一番奥まで、挿入されたのだ。

「いやあっ、ひど……、あぁ…ん……っ」

だまし討ちのような形で挿入されて、水帆は悔し紛れにぽかぽかと一佳の背中を叩いたが、一佳の力強い律動が始まると一溜まりもない。押し開かれ、揺さぶられて、また、体の内奥に官能の火を灯される。

一佳に何度も擦られ、慣らされた内壁は限界まで敏感になっていて、粘膜を逆立てながら雄々《おお》しく水帆を犯す一佳の形が、はっきりと分かる。一番太い根元をいっそう味わいたがるように、水帆の腰がゆらゆらと揺れる。

心が通じ合っていると、快感はより明瞭になるのかもしれない。何も隠さなくても、すべてを晒してもいいからだ。

「お兄ちゃん、ん、……っ」

「……水帆」

接吻を交わしながら、シーツの上で、しっかりと指を組み合わせる。

労《いた》わるような、ゆっくりと、けれど深い動きが来た。水帆の凝りを、一佳の先端が出入りの度に擦っていく。

指とは違い、大胆なほどの荒々しさで、そこが抉《えぐ》られ、刺激される。

「あっ、……あ、ん……」

壊れそうなほど、何度も何度も、深く突き上げられる。水帆は、体の中心から熱が立ち上るのを感じていた。

「気持ちがいいか？　水帆」

「ん、うん……っ」

水帆は夢中で一佳にしがみ付いた。傷跡の残る背中に、どうしようもなく、爪を立ててしまう。絶頂が近くなるにつれ、一佳を締め上げる力も強くなる。

「ああ……っ、いや、もう、いっちゃ……」

自分が恥ずかしくてならない。

もう一度、いく、と呟いて、ぎゅっと目を閉じた途端、一佳が深く、深く、突き上げてくる。

脳天が真っ白に痺れて、水帆は背中を大きく仰け反らせ官能を極めた。

汗まみれの水帆の体をしっかりと抱きとめ、一佳も果てる。熱い迸りを受け、水帆は悦《よろこ》びに打ち震えた。

「ああっ、あぁ…！」

もう触れられていない場所はないほど、一佳に体の隅々まで可愛がられた。

水帆を愛し尽くし、奪い尽くそうとする恋人の恋情は、激しい嵐にも似ていた。

外の嵐は、少しずつ遠ざかっているようだ。穏やかになりつつある風の音を聞きながら、一佳にねだって、さっき欲しかった、「おやすみ」の口付けをしてもらう。

水帆はふと思い返す。いつか、水帆が片羽を傷めたあの蝶々はどこへ行っただろう。

もう一度、気持ちよく空を飛べたのだろうか。

一佳にそう尋ねると、きっと飛べたはずだと答えてくれた。

自由な空への憧れは、どんな深い傷をも癒し、蒼穹《そうきゅう》へと誘っただろう。

どれほど裏切られて傷ついても、恋焦がれる誰かの元へひたむきに向かう、人の心のように。

# 春の嵐～Frühlingssturm～

「本日の水帆《みずほ》様のご様子を報告申し上げます」

夜会を終えて屋敷へ向かう車の中で、助手席に座る秘書の杉浦《すぎうら》がそう言った。

「ああ、頼む」

一佳《いちか》は首元の蝶《ちょう》ネクタイを手早く解《ほど》き、答える。一日の仕事を済ませ、帰宅する車の中で、水帆の一日の様子を杉浦に報告させるのが一佳の日課となっている。

水帆を現在の屋敷に引き取ってから三ヶ月が過ぎていた。朝は毎日大抵《たいてい》、一佳と水帆は共に起床し、朝食を共にする。一佳が知りたいのはその後の水帆の一日だ。大切な恋人の平和な一日を聞くと心が和《なご》む。傍《そば》にいてやれないのが残念だが。

「本日も午前七時に社長とご一緒にご起床あそばされ、朝食を共にされた後は、サンルームでお茶を召されました。十時十五分前に家庭教師のミス・コーナーが到着、英会話の勉強をされました。ご昼食は、ミス・コーナーと共に英国式のサンドウィッチを召し上がりました。水帆様は英国風のお作法が非常に上手でいらっしゃるとミス・コーナーが褒《ほ》めておられました。ご昼食の後は午後のご衣装に、紺色地に縁に萌黄色《もえぎいろ》の刺繡《ししゅう》を施したシャツを召されました」

「紺色？　水帆には色の濃い物は似合わないと言っておいたはずだが」

「最近水帆様はインド産のセイロンティーをお気に召しておいでです。飲み物に、衣装の色合いを合わせた次第です」

杉浦がそつなく答える。今年二十一歳になる杉浦は、身分も学歴も持たない。去年から一佳の秘書を務めているが、それ以前は近隣の浮浪児を統括し、大人顔負けの指令系統を持つ犯罪組織をまとめ上げる有名な不良少年だった。なんと新興財閥として確たる地位を築く速《はや》水《み》家を相手に詐欺を企《たくら》み、成功の一歩手前で警察に摘発された。失敗には終わったものの、その手口があまりにも鮮やかであったことと、杉浦の年齢に見合わぬ腹の据わった物言いを気に入って、一佳が口説《くど》いて秘書として雇い入れたのだ。四つ違いとはいえ、世間的には二人とも二十代の青二才に違いないが、速水財閥の中枢にある企業を幾つか任されている一佳を、社長、と呼ぶ。

「社長がご存じの通り、水帆様は庭園の薔薇《ばら》の世話を好まれておられます。本日も昼食後はしばしの休憩の後、庭園に出られて薔薇などの世話をなさいました。庭師らは水帆様がお手を汚されることを気にかけておりますが」

「構わない。好きにさせておけ」

庭園は広大だが、屋敷の敷地内で遊んでいてくれるならば、一佳も安心だ。春の盛りを迎えた庭園は色の鮮やかな花々で満たされている。美しい場所と水帆の取り合わせはいかにも幸福で、一佳は満足に思う。

「ずいぶん庭作業に慣れたらしいな。以前は水の遣《や》り方も分からずに右往左往してたのに」

「本日、社長室の机の上に飾りました薔薇も水帆様からの贈り物でございます。今朝咲いた、イングリッシュ・ローズとのことです」

「ああ、あれは水帆が育てたものだったのか」

一佳は微笑した。花になど丸きり興味のない一佳だが、今日、自分の執務机の上に飾られていた薔薇の花束はたいそう美しく、眺めていると不思議に気持ちが和む気がした。あれは、水帆が育てたものだったからだ。もちろん庭師たちが手伝っているに違いないが、ずっと華族の子弟として育った水帆が育成が困難な薔薇を咲かせたとあれば立派なものだ。

「水帆様はお優しくていらっしゃいますので、植物からも好かれておいでなのかもしれません」

「薔薇は棘《とげ》で手が荒れるだろうに」

今日の薔薇は美しかったが、他に、茎の柔らかい花を探しておこう。薔薇は美しいが、あの棘は水帆の白く柔らかな手には似合わない。

「午後三時からは水沼《みずぬま》医師がお越しになり、予定通り水帆様の健康診断が行われました。やや痩《や》せ気味でいらっしゃいますが、健康上の問題はないとのことです。ただ――」

一佳が目で促すと、杉浦は慎重に、しかしはっきりと続きを述べた。

「は、水帆様は、少し外出をされた方がいいのではないかと」

「外出？　俺が休みの日には観劇や音楽会に連れ出しているだろう。屋敷に閉じ込めてるわけじゃない、日中に庭作業をしているなら充分外の空気も吸えるはずだ」

「そういう意味ではありません。たとえば、水帆様のお年頃ですと同い年のご友人を作られて、連れ立って街中に出られることが必要です。時には郊外に出掛け、少々の冒険をされることもあるでしょう」

杉浦は、一佳の過去も、一佳と水帆の間柄も承知だ。一佳が速水家に入って自家の利益のために行った所業も、きな臭い当世の空気もすべて理解している。その上で水帆を外に出すよう勧めるということは、何がしか思うところがあるには違いないだろうが。

「水帆様は最近少し元気がなくていらっしゃるのではないかと、水帆様のお世話をしている女中たちが申し上げています」

「元気がない？　体調は問題ないんだろう？」

「そうではございますが……例えば、図書室で本をお読みになられているときも、どこかぼんやりとしたご様子で、窓の外を眺めていらっしゃいます」

「退屈をしている、そういうことか？」

「御意にございます。私の勝手な推測ではございますが」

杉浦が恭《うやうや》しく頭を下げてみせる。

「本の行商を屋敷に呼んであれが欲しがるままに蔵書を増やしているし、家庭教師も曜日替わりで呼んでいる。勉強の課題もたくさん与えているし、退屈する暇はないはずだが」

「本を読む、勉強をする、という行為も、そればかりの日常では疲れておしまいになるでしよう。それがいくら勉強熱心な水帆様でもでございます。ご聡明な水帆様であればこそ、世の中は本の世界だけで知ることは出来ないと既に気付かれておいでのはず」

「学校にやれとでも？　それは出来ない」

水帆を、以前通っていた華族の子弟が通う学校には、もう行かせることが出来ない。もちろん速水家の力を使うか、朝倉《あさくら》辺りに頼めば、何とでもなるだろうが――爵位を返上するに至った雨宮《あまみや》家崩壊の顚末《てんまつ》は社交界に知れ渡っている。かつての同胞たちは、水帆を手酷《てひど》く扱うだろう。そもそも水帆自身が、もといた世界に帰りたいと思ってはいない。

杉浦の思慮深い態度を見ていれば、忠心からの意見であることは分かる。目下の者からの誠実な意見を蔑《ないがし》ろにするほど、一佳は愚かではない。しかしだ。

「まだ時期尚早だ。この情勢で、俺の傍にいるだけで身の危険に晒《さら》されかねない。あれ自身今は爵位を持たないとはいえ、過去に身分のあった人間だ。優遇された過去を妬《ねた》まれて誘拐でもされないとも限らない」

父が総帥《そうすい》を務める速水財閥の中枢に身を置いて、大陸からは相変わらず不穏な報《しら》せばかりが届く。避けようのない大きな破綻《はたん》がいずれ訪れるにしても、自分の周囲にあるものだけは守らなければ。水帆に危害を与える人間は決して許さない。しかしそれ以前に、水帆をどんな危険に晒すつもりも一佳にはなかった。自分の命に替えても、髪一本傷をつけたくない。

水帆に与える食べるもの、飲むものは最良のものだけを厳しく選び抜いてある。食事から菓子・茶に至るまで最高の素材を使わせている。衣装は日に二度着替えさせ、最高の教育と教養を与え、水帆の才能を最大まで引き出すよう環境を整えてある。

屋敷を買い取った際には調度品はすべて入れ替え、水帆が目にするものはすべて一佳が用意した。水帆の幸福のすべてを自分が作り上げている。そのことに、一佳は心から満足していた。

「今の話は忘れろ。水帆の身辺についてはすべて俺が判断する」

「……承知致しました」

一瞬、何か言いたげな間があったが、杉浦は恭《うやうや》しくそう答えた。

邸宅に帰り着き、居間に入ると辺りはしんと静まり返っている。水帆が世話をしている庭園の薔薇の香りがどこからか流れてくるのか、暗闇《くらやみ》に瑞々《みずみず》しい芳香が混じっている。

以前は華族の邸宅――雨宮伯爵邸として知られていたこの屋敷はたいそう広大で、水帆と二人で暮らすには広過ぎる。居間と調理場、二階に寝室や執務室などがあるこの西棟だけを生活の場として使い、後は使用人に開放している。

一佳が暮らしていた使用人棟は今も健在だが、古く狭い建物で、当時から様々な不便があった。水帆の身の回りの世話を任せている使用人たちに不自由な思いをさせるわけにはいかない。

――水帆はもう、眠った時間だな。

水帆と話す時間がほとんどないことは残念だが、今の生活では仕方あるまい。自分が仕事を疎《おろそ》かにすれば、それは即水帆の生活に繫《つな》がるからだ。

湯を使った後、着替えを済ませて寝室に向かう。手に持ったグラスには半分ほど葡萄酒《ぶどうしゅ》が注《つ》いである。帰宅する時間は毎日まちまちだが、大抵は深夜になるので、就寝前の世話はすべて自分でする。酒がもたらす軽い酩酊《めいてい》もあり、夜は現在の一佳には至福の時間だった。仕事のことはひと時忘れて、水帆と一緒にいられるからだ。

寝室の扉を開けると、大きな寝台が見えた。羽根布団が水帆の体の形に膨《ふく》らんでいる。水帆の安らかな寝顔が脳裏に浮かび、一佳は微笑《ほほえ》ましくなる。

七年間の空白の後、思いもかけない形で再会し、そして様々な混乱と葛藤《かっとう》の後で、心と体を繫ぐことが出来た。

水帆と再会するまで長い間、少年だった自分の混乱にずっと囚《とら》われていた気がする。一佳は十七歳のときに、母を失った。唯一の肉親を、自分の無力ゆえに失った悲しみと、無邪気に自分を慕う水帆への愛情に、少年だった一佳は引き裂かれてしまいそうになった。いっそ水帆に憎まれることが出来れば楽になるに違いないと、ある嵐の夜に雨宮邸を出奔した。

水帆が自分を憎んでいればいいと考えていた。雨宮家を離れた後、養父の元で、一佳は様々な悪行に手を染めた。最早《もはや》かつての自分に戻ることは叶《かな》わない。水帆の傍にいることは相応《ふさわ》しくない。ならば、水帆が自分を二度と許さないほどに憎んでいれば、その憎悪で一佳と同じくらい心を黒く染めてくれてさえいれば、一佳はもう、水帆への思いに囚われずに済む。水帆が自分をまだ思っているかもしれない、そんな一縷《いちる》の希望があるから苦しい。そう思っていた。

しかし、最後に勝ったのは、水帆の愛情の深さだ。何を失っても、どんな苦境に立たされても、それでも水帆の一途《いちず》な気持ちは消えることがなかった。

二度とは失わない。一佳にとって水帆は何ものにも替えられない宝物だった。

水帆を起こさないよう、そっと寝台に滑り込む。寝心地のいい柔らかな羽根布団の感触にほっと息をつく。すぐ傍にある温かい体温を抱き寄せようとしたとき、一佳は暗闇の中、水帆が目を開いていることに気付いた。大きな黒目がちの瞳が、暗闇の中で煌《きら》めいていた。

「起こしたか？」

水帆は返事をしない。

水帆が着ているのは、淡い色合いの浴衣《ゆかた》だ。昼間は洋装をさせているが、水帆の華奢《きゃしゃ》な骨格には浴衣の方が似合う気がして、一佳には好ましい。

「………水帆？」

一佳は驚きに息を呑《の》んだ。水帆が身を起こしたかと思うと、半身を一佳の上に乗り上げて来たのだ。浴衣の裾《すそ》が捲《めく》れ上がり、左の太腿《ふともも》が露《あら》わになっていた。

水帆は無言のまま、一佳と唇を合わせた。おずおずと舌を一佳の口腔《こうこう》に忍ばせる。拙《つたな》い仕草ながら、ただの挨拶《あいさつ》の口付けを意図しているのではないことは分かる。

これはどうしたことだろう。

確かに、廓《くるわ》に勤めていた時期はあったにせよ、水帆は性的にかなり疎い。自分の肉欲にすら鈍感なところがあって、何度体を繋いでも、いつまでも無垢《むく》な様子でいる。感度が非常に高く、一佳が触れると容易《たやす》く蕩《とろ》けるのに、その間のことは本人はあまり覚えていないらしい。

やがて水帆が、顔をそっと離した。一佳の反応を窺《うかが》っている。

「どうした？」

あまりにも驚いたせいで、冷静になって尋ねてしまう。途端に、水帆が傷付いた表情をしたのが、暗闇にも分かった。水帆の技術では夢中にはなれないと言ってしまったと同じだ。

水帆は一佳の体の上で沈黙している。やがて、意を決したように体をずらす。その手が、思いも寄らぬ場所へ向かう。一佳のパジャマのズボンをさぐり、おずおずと手を突っ込む。

まさかと思ったが、そっと摑《つか》んだ一佳自身に、水帆は唇を寄せた。

「……水帆」

さすがに驚いて上半身を起こす。それでも水帆は口腔に一佳を収め、それを遮二無二《しゃにむに》舌で探っている。接吻《せっぷん》同様、巧みだとは決して言えない。

「水帆」

もう一度名前を呼んだが、水帆は答えず唇での愛撫《あいぶ》を続けている。乱暴だと思ったが、後ろ髪を摑んで引き離す。

「やめなさい。お前は、そんなことをしなくていい」

「でも、してみたいから、だから」

ようやく応《こた》えがあった。唇が唾液《だえき》で濡《ぬ》れているのが、暗闇の中でも分かった。口を塞《ふさ》いでいたせいか、呼吸も荒い。泣いているのか、それとも欲情しているのか——後から考えてみれば、水帆はただ必死でいただけだと分かるのだが、この時は愚かにも後者だと一佳は理解した。

「したいのか？」

いつもならこんな野暮な問答はしない。すべては水帆の体に尋ねる。一佳が眠っている水帆に触れ、水帆がそのまま目を覚まさなければ事には及ばない。しかしここ一月《ひとつき》以上一佳の帰宅は午前零時を遥《はる》かに過ぎ、水帆を起こすのは憚《はばか》られた。そういえば、前回交わしたのは一週間以上前だったろうか。

恐らく、今夜の水帆は一佳が触れる前から催していたのだろう。安定した生活を送り、もう三ヶ月にもなる。水帆の年齢を考えれば、そちらの衝動が湧《わ》き上がって来るのが自然だ。ただ、上手《うま》い言葉や態度で求めることが出来ない水帆の不器用さもよく知っている。

その仄《ほの》かに白い手首の内側に荒々しく口付け、水帆と体の上下を入れ替える。長身で水帆の華奢な体を組み敷き、仕事のみならず色事にも長《た》けた男の仕草で水帆の顔を覗《のぞ》き込む。

「馬鹿だな。こんな風にねだる必要ないのに」

「ちが……！　待って、お兄ちゃん……！」

欲望を見抜かれたことが気恥ずかしいのだろうと勝手に結論付けて、水帆の言葉は聞かず、唇を奪う。本当なら、毎夜でも何度でも交わしたいのが一佳の本当の気持ちだ。

「ん……！　そうじゃなくて……あの……っ、俺……！」

「しい。いい子だ」

耳朶《じだ》を食《は》み、水帆の体を愛撫する指にいっそう熱を込める。

「待っ…、あ……っ、ああ………」

か細い声はやがて掻《か》き消えて、快感を訴えるあえかな吐息だけが聞こえた。


翌日は、季節が春から夏に変わる前の、天候が不安定な一日だった。

雨が激しく降り、強い風が吹き抜ける。深夜になると酷い嵐になるというので、会食の予定を断り、早めに帰宅した。その時、昨晩の出来事はすっかり失念していた。

水帆の様子がいつもとは違ったことに多少の訝《いぶか》しさは覚えたが、水帆の望んだ通りに、水帆に快楽を与えたことで、きちんと満足をさせたはずだと考えていた。

帰りの車の中で、いつもの通り杉浦には今日の水帆の様子を報告させたが、特に変わった様子はなかったと聞いた。

「……水帆？」

しかし、寝室に入った一佳はその場に立ち竦《すく》んでしまう。

寝台には、水帆の姿はなかった。

手水《ちょうず》に立っているのか、寝付けずに階下で温かい飲み物でも飲んでいるのか。しかし、これまでそんなことは一度もなかった。不審に思って急いで部屋を出、廊下を歩く。階下に降りたが、水帆の気配はない。

嫌な予感がした。

どこかから、空気の流れをひんやりと感じる。それを辿《たど》ると、サンルームの出入り口へと辿り着いた。扉が大きく開いており、雨が吹き込んで床が酷く濡れていた。使用人たちには、夜間の戸締りは厳重に確認するようにと言い渡してある。こんな時間に人の出入りがあるはずがない。そしてこんな天候の夜に、水帆が一人、外出するはずもない。

その時一佳の脳裏を過《よぎ》ったのは、水帆が攫《さら》われたのかもしれないという恐れだった。自分が悪魔と呼ばれ、潔白な人間でないことを、一佳はよくよく知っている。速水家に、もしくは旧雨宮伯爵家に恨みを持つ夜盗がこの屋敷に忍び込み、水帆を連れ去ったのではないか。

別棟にいる使用人を呼ぶべきか、猟銃を取りに向かうべきかと思ったが、それよりは一刻も早く水帆の姿を見付けるべきだった。

屋敷を飛び出し、暗闇の中、あっという間に全身がびしょ濡れになる。こんな真っ暗な中、連れ去られたとしたら、行方《ゆくえ》はすぐには知れないだろう。速水家の総力をもって賊の行方を追及するが、その間に水帆に万一のことがあったとしたら――

雨風のせいばかりではなく、体が心底冷えて寒気がした。

――じゃあずっと、待ち続けるよ。お前が俺を待ってたみたいに――

いつか水帆に言った言葉が不意に脳裏に蘇《よみがえ》り、一佳は立ち尽くした。

あの言葉通りに、自分は水帆を探し続けることになるのかもしれない。自分が七年前に姿を消したのも、嵐の夜だった。あの夜を境に一佳を待ち続けた水帆のように、自分はこの嵐の夜からいつ帰るとも知れない水帆の帰りを待ち続けることになるかもしれない。

自分がかつて、水帆にどれほど非道な真似《まね》をしたのか、今、嫌というほど思い知らされた。

「水帆!!」

大声で呼んだが返事はない。絶望感に泥の中、膝《ひざ》を突きそうになったその時、視界の隅で何かが動くのを見た。淡い色合いの浴衣を着た、水帆の姿だった。

「水帆!!」

もう一度名を呼び、駆け出す。水帆は庭園の薔薇の花壇の一角に蹲《うずくま》っていた。

「何をやってるんだ！　屋敷の中に戻りなさい！」

怒鳴り付けて、腕を引く。しかし思わぬ抵抗にあった。水帆は身を捩《よじ》り、花壇から離れようとしない。

「ダメ！　風で、薔薇が……！　薔薇が散っちゃうから……！」

「馬鹿！　放《ほう》っておけ、そんなもの！」

この嵐の最中、問答している暇はない。思わず怒鳴り付け、水帆を黙らせる。

風の中、吹き荒らされている花壇に腕を伸ばそうとする水帆を半ば抱えるようにして走り出したが、あまりの雨風の強さに、母屋《おもや》に戻るのは諦《あきら》めた。庭園を抜けてすぐ近くにある使用人棟に転がり込む。今は使われていないとはいえ、定期的に手入れはしている。納戸には簡単な衣服もあるはずだ。火をすぐに熾《おこ》すことは出来ないが、非常食と葡萄酒などが備蓄してある。まるで遭難したかのようなこの有様を、何とかしなくては。

「体を拭《ふ》こう。おいで」

以前住んでいた場所なので、暗くとも左右《とも》の見当はつく。真っ暗な中、納戸に辿り着き、必要なものを引っ張り出す。ランプに火を灯して水帆に怪我《けが》がないか確かめると、一先《ひとま》ずはほっとした。急いで納戸を出、食事時に使った休憩室に入る。粗末な作りだが、ソファもある。冷えた体を休ませることが出来るはずだ。

「馬鹿だな、こんなに濡れて」

手のひらに頭を収めて髪を拭いてやる。一佳が大好きな色素の淡い色の髪は、雨水を吸い、すっかり冷えていた。いったいいつから外にいたのだろう。後で葡萄酒でも飲ませて体を温めさせなければ。雨風が少しでも静まったらマントを頭から被《かぶ》せて屋敷まで走って帰ろう。

「お兄ちゃん、先に自分を拭いて。俺も自分でするから」

「動くなよ、俺のことはいいから。お前に風邪をひかせるわけにはいかない」

一佳には当然の答えを口にしたまでだった。

「どうして……？」

力なく、水帆が声を漏らす。

「どうしてお兄ちゃんのことは良くて、俺が風邪をひいちゃダメなの？」

水帆がじっと一佳を見上げていた。その眼差《まなざ》しの意味が分からず、一佳は困惑する。

「俺のこと、どうしてそんなに大切にするの？」

「今更、そんなこと聞くなよ」

髪を粗方拭き終わり、傍《かたわ》らから古いパジャマを取り出し着替えさせる。これは恐らく、一佳が使っていたものだ。この屋敷を出奔したとき、ほとんど着のみ着のままで、身の回りのものはここに置きっ放しにしたのだ。

「聞きたいのは俺の方だ。どうしてこんなことをしたんだ？　こんな夜中に、しかもこんな天気の中、屋敷を抜け出したりして。何か気になるなら家の者を呼べば良かっただろう」

怒鳴るつもりはないが、少し口調がきつくなる。水帆は俯《うつむ》いたまま答えた。

「あの薔薇は、俺が育てた薔薇だから。庭師さんに教えてもらいながら、土を整えて、水遣りして、苗から大切に育てたんだ。蕾《つぼみ》がやっと膨らみかけたところだったから、今夜の風から、守ってあげなくちゃって思って……」

「この嵐の中をか？　いくら花が大切でも、体を張ってまで守るものじゃない」

「明日の朝、上手く咲いたらお兄ちゃんに届けようって思ってたから。杉浦さんに言って、また社長室の机の上に飾ってもらいたいから」

「薔薇はなくても仕事は出来るよ。お前は俺の身の回りなんて気にしなくていい」

「お兄ちゃんは、俺がいなくても困らないもんね」

硬い声音《こわね》に、驚いて水帆を見下ろす。幼い頃から水帆を知っているが、水帆のこんなに沈んだ声を聞いたことがなかった。あの廓にいたときでさえ、控え目ではあるが、一筋の希望がいつも胸にあるような生気のある様子でいたのに。水帆はあの場所にいたときと同じか、もしくはもっと暗い気持ちでいるということだろうか。

だが一佳にも分かった。水帆は今、一佳には思いも寄らない大きな気持ちを抱えている。

それを聞き出すのは恐ろしいような気がした。だが、真っ直《ま》ぐ《す》にこちらを捕らえる水帆の眼差しを黙殺することは出来なかった。

「どういう意味だ？」

「お兄ちゃんの日常に、俺は必要ない」

大きな瞳から溢《あふ》れる涙が、髪から滴《したた》り落ちる滴《しずく》と混ざり合う。

雨がいっそう強くなったらしく、薄い壁の向こうで激しい雨音が続いている。水帆の声音に意識を集中している一佳には、遠いざわめきのようにしか、聞こえていなかった。

「俺がいなくてもお兄ちゃんは生きていける。食事も着替えも、支度をして手伝ってくれる人がいるし、仕事には杉浦さんがついてるし、俺は何にも知らないから手伝いたくても何も出来ない。俺には、何も出来ない」

「……何言ってるんだ」

「俺はお兄ちゃんに与えてもらう一方で、お兄ちゃんには何も返せない」

水帆には、一佳の仕事の内容を一切話していない。一佳が係《かか》わっている仕事は美しいものばかりではない。世俗の芥《あくた》に塗《まみ》れた事柄を、水帆に知らせたくなかった。

「俺は、花街から出ないでいた方が良かったかもしれない。そうしたら、俺にもちゃんと役割があったもの。今の俺は何も出来ない。お兄ちゃんに、何もしてあげられない」

「…………」

「お兄ちゃんに大きな犠牲を払わせてまで連れ出してもらったのに、俺はお兄ちゃんに何も返せてないよ。昨日だって、お兄ちゃんは何もさせてくれなかった」

昨日、一佳が拒んだ水帆の行動には、そんなに切羽詰まった意味があったのか。だが、一佳にも水帆を思う気持ちがあった。

水帆を汚したくなかった。水帆につらい、汚い真似は一切させたくない。それは水帆を守る自分の役目だ。

「あんな真似、お前にさせられるわけないだろう。お前は何もしなくていいんだ。まだこの屋敷に戻って三ヶ月にしかならないんだぞ」

「まだ、じゃない。もう三ヶ月だよ。三ヶ月の間、俺は何も出来てないんだ。確かに俺には、爵位も財産も何もなくて、お兄ちゃんの役には立たないかもしれないけど——」

今の自分が出来ることでいいから、一佳のために何かをしたいのだと水帆は言った。

「俺は、お兄ちゃんのことが好きだから。お兄ちゃんに何もあげられない今の生活は、すごく、苦しい……」

自分は、こんなにも水帆を追い詰めていたのかと愕然《がくぜん》とした。大門《おおもん》を二度とは出ることが出来ない花街は苦界《くがい》と呼ばれる。だが一佳は、水帆を同じ状況に置いていたのだ。

穏やかで暖かな場所で保護をして、辛《つら》いことは何もさせなかった。大切な存在だから傷付けまいとした。一佳が水帆を大切にしたいと思うと同じくらい、水帆も一佳を大切に思い、それをどうにか表現したいと思っている。それがあの薔薇であり、昨晩の行動だったのだ。

一佳はそんな水帆の気持ちを顧みることもしなかった。水帆が一佳に負い目を感じていることに無意識に気付きながら、それすら水帆の心を縛る鎖として利用していた。

「水帆……」

しかし、こんな状況にいて、一佳は思わず笑い出してしまった。

この蝶々の不器用で、無鉄砲なことと言ったらどうだろう。普段は大人《おとな》しいのに思い詰めたら一直線だ。速水家の次期総帥をこれほど慌てふためかせ、振り回す存在も他にはいまい。

「なっ、なんで!? なんで笑うの!?」

「馬鹿だな、泣き虫水帆」

笑いを堪《こら》えながら、また零《こぼ》れて来た水帆の涙を、指先で掬《すく》い取る。

「お前は何も分かってない。お前がいないと、俺には生きてる意味なんか、何一つないのに」

水帆を失うことは、一佳自身の死も意味する。体が生き残ったとしても、魂は生きてはいないだろう。

「仕事で疲れて帰って来て、お前を抱いて眠るときが一番幸せなんだ。どこにいるときより安心出来る。何が起きてもまた頑張れる」

どれほど水帆を大切に思っているか、こんな有体《ありてい》の言葉で伝わるだろうか。上等の食事も衣装も、身分も財産も、何が揃《そろ》っていても作り出せない幸福。水帆はそれを与えてくれている。

「本音を言えば、屋敷の庭にすら出したくない。窓のない部屋に閉じ込めて、一生俺だけにしか会わせない。本当はそうしたい」

そう言葉にした途端、暗い欲望が胸の奥に芽生えるのを感じた。自分にはそれだけの力がある。水帆を文字通り、自分のものだけにしてしまう力が。

しかし、水帆は怯《おび》えた様子もなく、一佳の顔を一心に見上げていた。

「でもそれはお前の幸せじゃない。俺が幸福なだけじゃ駄目だ。俺は、幸せなお前を見てるのが好きなんだ。今、それが分かった」

冷えた唇に口付ける。自分はまた、間違いを犯すところだった。

憎まれる方が楽だと勝手に姿を消した七年間、しかし水帆は一佳を慕い続けた。今も同じだ。水帆は意思のない愛玩《あいがん》人形ではない。そして水帆の方がずっと強く、愛情深い。それが真実だ。

「昨日、俺にどんな風にしようとしたのか、教えてくれないか、水帆」

「え……？」

口付けで濡れた唇をかすかに開き、水帆はきょとんとしている。昨日、大胆な誘い掛けをしたことをすっかり忘れていたらしい。一佳は悪戯《いたずら》っぽい口調で言葉を重ねた。

「考えてみれば、ずいぶん惜しいことをした。せっかくお前から誘ってくれたのに」

ランプだけが照らす薄い暗闇の中、水帆の頰《ほお》に血の気がさすのが分かった。

「それは、だって、……あんなのもう出来ないよ」

恥ずかしがって一佳の腕の中から逃げ出そうとするその体を、一佳は意地悪く抱き締めた。

「そう。だったら俺がしよう」

水帆がその言葉を理解する前にその場に跪《ひざまず》き、さっき着替えさせたばかりのパジャマを寛《くつろ》げる。最初は状況が呑み込めないでいた水帆だが、すぐに察したらしい。

「やっ、ダメ！」

心が再び通い合ったことに安心を覚えたせいか、水帆は性的な興奮は見せていなかった。一抹の罪悪感を覚えはしたが、それを手に取り柔らかく口に含む。

「待って！　そんな……！」

「動くなよ、嚙《か》むぞ」

いったん口を離して脅しかけると、水帆が体を竦ませる。少し口調が意地悪になってしまうのは、嵐の夜に死ぬほど心配をさせられた意趣返しだ。それとも、恋する相手をいじめて泣かせたくなるのは、男なら幾つになっても持ち合わせる欲望なのだろうか。

「おにい、ちゃん、あ……っ、ん……！」

雨の音に混じる水帆の吐息が湿気を帯び始める。いつもより体温が高まるのが早い。昨日、体を交わしたときに水帆も最後まで導いたが、満ちたのは体だけで、心は寂しいままだったからだろう。

愛撫の度《たび》に時折体を小さく戦慄《わなな》かせる水帆の膝をいっそう深く割り、より深くまで口腔に収める。唇でゆっくりと上下に扱《しご》き、舌で蕩かすように先端を可愛《かわい》がると、水帆はしなやかに背中を反らせた。

「んんっ……！」

水帆の欲望を口腔で受け止める。快楽の余韻に小さく震えている水帆に息つく暇も与えず、水帆の秘密の蕾に触れる。白蜜《しろみつ》を絡めさせ、丁寧に寛げていく。

「それ、ダメ……！　あぁ……っ、ああ………！」

その甘い声に、一佳自身も煽《あお》られる。ゆっくりとソファに押し倒すと、無意識なのか、水帆はおずおずと腕を一佳の背中に回して来た。それは一佳が以前教えた作法だ。

自分が欲しいと思ったら、「客」である相手の背に手を回すようにと一佳が褥《しとね》の中で教え込んだ。水帆はそれを廓の作法だと知らず、今もきちんと守り続けているのだ。

「可愛いな、水帆」

囁《ささや》いて、ゆっくりと水帆を穿《うが》つ。高い悲鳴を上げかけた唇に口付け、両方で水帆を貪《むさぼ》り、味わう。強い雨風の音が、世界をいっそう遠ざけていく。

翌朝目が覚めると、嵐はすでに行き去り、庭園は雨露に輝いていた。嵐に洗い流され、清涼な水のように澄んだ空気の中、手を繋いで庭園を横切る。奇跡的にも、水帆が昨晩守ろうとした蕾は風に攫われることなく、立派に頭を擡《もた》げていた。

「社、社長！」

見れば、息を切らせた杉浦が、庭園から飛び出して来た。散々走り回ったのか、スーツは乱れ、いつもはきちんと撫《な》で付けてある前髪もすっかり額《ひたい》に落ちている。

「いったいどちらに……！　水帆様のお姿も見当たらず、家の者たちが大騒ぎしております」

「済まなかった。俺も水帆も無事だ。先に屋敷に戻って皆に伝えてくれ」

畏《かしこ》まりましたと答えて、杉浦が駈《か》けて行く。その後ろ姿に、水帆がくすくすと笑う。

「慌ててる杉浦さんって初めて見た」

「俺もだ。あいつにも、年相応なところがあるんだな」

二人で笑顔を交わし合う。水帆の寛いだ表情を久しぶりに見て、心が穏やかになるのを一佳は感じた。

「お前を学校に行かせるよ」

水帆が息を呑むのが分かった。

「ほんとに……？」

「ああ」

昨日、水帆の寝顔を眺めながら、それを決めた。水帆を外の世界に出してやろう。

空を飛ぶ翅《はね》を持つ蝶々を、自分の檻《おり》に囲い込んでしまうのは、もうやめにしよう。蝶は空を飛んでいた方が遥かに美しいはずだ。その翅から自分が決して目を離さなければいい。

「護衛の問題があるから、毎日とはいかない。以前通っていた学校とはずいぶん雰囲気が違うだろうから、お前も慣れるまで苦労するかも知れないが、……きっと友達が出来るよ」

最初は周囲に馴染《なじ》めないかもしれない。だが、水帆の性格なら、必ず上手くいくだろう。それが少し、不安ではあるのだが。馬鹿な話だが、まだ見ぬ水帆の友人に嫉妬《しっと》を覚える。

「嬉《うれ》しい」

頬を染め、水帆がそう言った。

「頑張る。お兄ちゃんの役に立てるように」

「杉浦について、俺の仕事のことを習うといい。嫌なものを見るだろうし、つらいこともあるかもしれないが、多分、お前は大丈夫だ」

どんな悲しみも乗り越えて、必ず幸福になる。

昔からずっとお前の方が強かった。俺はお前にやられっ放しだ。

そんな一佳の独り言には気付かず、水帆が一佳の手を引く。愛する者の温《ぬく》もりは、それだけで一佳を幸せにする。その幸福をもう二度と見失わぬよう、一佳は水帆の手のひらを、しっかりと握り返した。

# あとがき

こんにちは、または初めまして雪代鞠絵です。

文庫版の「片翅蝶々」をお届けいたします。あとがきを書くにあたり、本文を書いた当時のことを思い出そうしております。

なんか花街の資料がなかなか見付けられず右往左往したことは覚えています。時代物で、しかもややこしい仕来りがある舞台で、そこにＢＬなファンタジーをのっけてあるんであっちこっちに大幅な創作があるのはまずお許し下さい（笑）。ただ創作するにもほんとはどうなっていたのかちょっとでも知っていないと、割とどうにもしようがないんですよね……。今はインターネットで検索するといくらでも画像や資料が出て有り難いんですが、着物の着付けやら食事の細部になるとやはり専門書をあたりたいなと思ったり。最近本屋さんをぶらぶらしていたら、廓での遊女の生活がコンパクトにまとめられているムックを見付けて悔し涙を流したことは言うまでもありません。

それで本編の話ですが、確か当時「お兄ちゃん」がマイブームだったのだと思い出しました。受に攻を「お兄ちゃん」と呼ばせておいて、甘えさせておいて、しかしそんな無邪気な関係が永遠に続くはずもなく……というような。それで受が苦境に陥れば陥るほどいいかな！　とか。人権があんまり大事にもされなかった時代の不幸は現代からは到底想像もつかない桁外れの不幸だったりするので、水帆はけっこうひどい目にあっているのかもです。舞台が舞台なだけにエロシーンのバリエーションにあまり困らなかったのもいい思い出です。当時の春画とかもすごいですよね。ぱっと見て、「わ〜、彩りが鮮やかできれい〜」とまじまじと見たらとんでもない一物が描かれていたりとか。

本編のその後は新たに書き下ろしをさせていただきました。完全に一佳視点です。昔は苦手だった攻視点の方が書き易くなっているのは何故なのか。成長しているのだと思いたいものです。

花街を舞台にした水帆と一佳の物語、イラストは街子マドカ先生につけていただきました。おでこぺろんな水帆の可愛いことといったらどうでしょう！　なんかねー、キャララフを見せて頂いた瞬間の幸せは何度経験しても素晴らしいです！　表紙の一佳も悪魔っぽくてお気に入りです。街子先生、現在も最終チェックにあたって下さっている編集者F様、本当にありがとうございます。

そしてこの文庫をお手に取って下さった読者の皆様に最上級の感謝を。どうかまたいつかお会い出来ますように。

雪代鞠絵

✦初出　片翅蝶々……………………………ショコラノベルズハイパー
(2006年4月)
春の嵐～Frühlingssturm～ ……………書き下ろし

雪代鞠絵先生、街子マドカ先生へのお便り、本作品に関するご意見、ご感想などは
〒151-0051 東京都渋谷区千駄ヶ谷 4-9-7
幻冬舎コミックス　ルチル文庫「片翅蝶々」係まで。

幻冬舎ルチル文庫

片翅蝶々

2013年9月20日　　第1刷発行

| | |
|---|---|
| ✦著者 | 雪代鞠絵　ゆきしろ まりえ |
| ✦発行人 | 伊藤嘉彦 |
| ✦発行元 | 株式会社 幻冬舎コミックス<br>〒151-0051 東京都渋谷区千駄ヶ谷 4-9-7<br>電話 03(5411)6431［編集］ |
| ✦発売元 | 株式会社 幻冬舎<br>〒151-0051 東京都渋谷区千駄ヶ谷 4-9-7<br>電話 03(5411)6222［営業］<br>振替 00120-8-767643 |
| ✦印刷・製本所 | 中央精版印刷株式会社 |

✦検印廃止


ISBN978-4-344-82927-5　C0193　Printed in Japan